Allitera Verlag

I0673592

edition monacensia
Herausgeber: Monacensia
Literaturarchiv und Bibliothek
Dr. Elisabeth Tworek

Alle bisher von Oskar Maria Graf in der *edition monacensia*
erschienenen Bände:

»Die Chronik von Flechting« (2009)
»Gelächter von außen« (2009)
»Zur freundlichen Erinnerung« (2009)
»Bayerisches Lesebücherl« (2009)
»Wunderbare Menschen« (2010)
»Finsternis« (2010)
»Notizbuch des Provinzschriftstellers Oskar Maria Graf 1932« (2011)
»Dorfbanditen« (2011)
»Der harte Handel« (2012)
»Im Winkel des Lebens« (2013)
»Einer gegen alle« (2014)

Oskar Maria Graf

Dorfbanditen

Erlebnisse

aus meinen Schul- und Lehrlingsjahren

Text der Erstausgabe von 1932

Mit einem Nachwort von Ulrich Dittmann

Münchner Stadtbibliothek
*M*onacensia
Literaturarchiv und Bibliothek

Allitera Verlag

Weitere Informationen über den Verlag und sein Programm unter:
www.allitera.de

Mai 2011
Allitera Verlag
Ein Verlag der Buch&media GmbH, München
Copyright © by Ullstein Buchverlage GmbH, Berlin
1932 erschienen im Drei Masken Verlag, Berlin
© 2011 für diese Ausgabe: Landeshauptstadt München/Kulturreferat
Münchner Stadtbibliothek
Monacensia Literaturarchiv und Bibliothek
Leitung: Dr. Elisabeth Tworek
und Buch&media GmbH, München
Umschlaggestaltung: Kay Fretwurst, Freienbrink
Printed in Europe · ISBN 978-3-86906-011-8

Inhalt

Vorstellung

Es muß jetzt doch schon bald wahr sein, daß ich berühmt bin. Neulich zum Beispiel ist ein früherer Bekannter zu mir gekommen – ein jetziger Doktor rer. pol., aber sonst ein ganz handsamer Mensch – und hat mich fragen wollen, was ich für eine »innere Einstellung« habe. Eingedenk meiner herannahenden Berühmtheit habe ich sofort eine bedeutende und sehr beschäftigte Miene gemacht und den Herrn dahin verbeschieden, daß ich ihm das lieber demnächst in einem Brief beantworte.

Weil es aber, wie ich schon gemerkt habe, immer nützlich ist, wenn jeder Pfifferling von einem sogenannten »schöpferischen« Menschen bekannt wird, darum teile ich den Inhalt des Schreibens an den betreffenden Herrn meiner geneigten Buchkundschaft auf diesem Wege mit.

»Mit innerer Einstellung, damit wir uns gleich darüber klar sind«, habe ich also geschrieben, »da meinen der Herr Doktor doch gewiß, wie ich beiläufig über alles denke? Also gut, alsdann können wir ja weiterreden. Mißtrauisch bin ich schon seit meinem fünften Lebensjahr. Ich kann sogar den Tag ganz genau angeben. Das war der 22. Juli 1899. Da nämlich haben meine zwei Brüder Maurus und Lenz zu mir gesagt: »Oskarl, heute ist dein Geburtstag. Wennst du zum Brandl seinen Garten hinübergehst, da ist er. ... Mein Lieber, der ist schön, da paß auf! Geh nur 'nüber und such ihn.« Natürlicherweise haben sie das auf ortsüblich bayrisch gesagt, aber ich möchte das dem Herrn Doktor nicht antun und schreibe es folgedessen auf hochdeutsch. –

Auffällig freundlich haben mich meine zwei Brüder dazu animiert, was sonst nie der Fall gewesen ist, wenn sie was von mir gewollt haben. Im Gegenteil, ich war der Kleinste und Schwächste, schikaniert und geprügelt haben sie mich weiß Gott wie oft. Drum bin ich dieses Mal von ihrem guten Ton direkt gerührt gewesen und habe mich also drangemacht, das Ding »Geburtstag«, von dem ich bis jetzt gar keine Vorstellung nicht gehabt habe, zu suchen. Ich bin wie ein schnüffelnder Jagdhund herumgelaufen in unserm Nachbarn seinen Garten. Zuerst bin ich rundherum durch die stacheligen Hecken gekrochen und habe mir das Gesicht und meine Hände ziemlich verkratzt. Alsdann bin ich in die Holzhütte vom Brandl gelaufen, habe den ganzen Sägespänboden aufgewühlt, daß es direkt wolkendunkel um mich geworden ist. Ich habe kaum mehr schnaufen können, in einem fort niesen müssen und bin schließlich auf die aufgeschichteten Scheite hinaufgestiegen, aber von meinem Geburtstag habe ich nichts gesehen, absolut nichts. Ich habe die Scheite auf den staubigen Boden hinabgeworfen, in jedes Loch geschaut. Ich bin endlich aus der Holzhütte herausgekommen, dreckschwarz wie ein Kaminkehrer, bin in das überwachsene Sommerhäusl gelaufen. Draußen, hinter dem Heckenzaun haben meine zwei Brüder feig geschrien: »Such nur, such halt genau! Gleich wirst du ihn haben!« Ich bin nachdem in den reichbewachsenen Pflanzgarten gesaust, bin über die Beete getappt, habe die Salat- und sonstigen Gemüsestauden zertreten, habe die Bohnenstangen herausgezogen und habe herumgearbeitet wie der Käfer im Roßdreck. Da auf einmal aber ist die Brandlin zur Haustüre herausgekommen und hat zu schimpfen angefangen: »Jaja, um Gotteswill'n, du Malefizlausbub, du rotziger, Oskar! ... Machst nicht gleich, daß d' aus'm Garten kommst! Wart, ich komm dir, du Saubub, du miserabliger! .... Hörst nicht auf! Was suchst denn, in Gottesnamen!«

»Meinen Geburtstag! Mei–ei–einen Geburtstag such ich!« habe ich natürlich in viel schönerem Dialekt geschluchzt und habe weiter erzählt: »Der Maurus und der Lenz haben gesagt, da herüber ist er!« Die Brandlin hat mich schon hinten beim Kragen gehabt, aber auf so eine Antwort ist sie, scheint es, doch nicht gefaßt gewesen, denn auf einmal hatte sie mich ausgelassen und mich gefragt: »Tja! Wa–as suchst? ...Deinen Geburtstag?! ... Geh, sowas! Der Maurus und der Lenz, die Lausbuben haben dich bloß zum Narren gehalten! Geh! Den Geburtstag, den kann man doch nicht sehen! Den gibts doch bloß im Kalender, dummer Bub, dummer! Geh! Wie magst denn jetzt sowas glauben! Dein Geburtstag, der ist halt heut und aus! ... Mach, daß du heimkommst, geh raus aus'm Garten, marsch!« Auf die seltsamen Erklärungen hin habe ich sie natürlicherweise angeschaut wie ein Irrsinniger. Mir ist das verzwickte Gerede nicht eingegangen, denn schließlich – alles was einen Namen hat auf der Welt, das muß man doch sehen können! Kurz und gut, ich hab' noch mehr zu weinen angefangen, und die Brandlin hat mich heimgeschickt, wo mich alle verlacht haben, wie ich meine Brüder verklagen hab' wollen.

Seit dieser Zeit aber, wenn mir einer was sagt, bin ich mißtrauisch, Herr Doktor, ganz und gar Trau, schau, weml sag ich mir. Und ich muß sagen, es war mir fast immer mehr nützlich als wie schädlich. – Punkt zwei: Mit ungefähr zwölf Jahren und dann etliche Jahre später habe ich den ganzen Respekt vor Menschen und Wunderbarkeiten verloren. Das ist so gekommen:

Bevor ich aus der Schule gekommen bin, waren bei uns gerade Manövertruppen. Es ist sehr schön gewesen, wie sie einmarschiert sind. Alles hat geblitzt und geglänzt, und die Musik vorne dran hat geschmettert, daß ich wirklich verdrossen worden bin, weil ich noch so ein kleinwinziger Lausbub und kein Soldat gewesen bin. Das Allerschönste und Gewaltigste aber waren für mich die betreßten und behängten Offiziere an der Spitze, hoch auf ihren schwitzenden Rössern.

Ich weiß nicht mehr ganz genau, war es ein Major oder ein Hauptmann, der wo bei uns in Quartier gekommen ist. Mit langen Reitlackstiefeln, sporenklirrend, die Brust voller Orden und mit einem strahlenden Helm, so ist er dahergekommen und so laut und kurz hat er geredet, daß einem schier angst hat werden können. Ausgeschaut hat er wie etwas Überirdisches. Wenigstens für mich.

Damals habe ich schon manchmal nachts in der Bäckerei mithelfen müssen. So um zwölf Uhr ist auf einmal der Herr Offizier mit verschlafenem Gesicht im Trikothemd, bloß notdürftig in seiner Biesenhose und in Pantoffeln über die Stiege heruntergesaust und hat verdattert, aber ziemlich dringlich, nach dem Abtritt gefragt. Ich war baff, ich hab geglotzt und das Maul aufgerissen. Aus dem offenen Hemd haben die Brusthaare herausgeschaut und einen leichten Bauch hat der Mensch gehabt und – in Pantoffeln war er und in den Abtritt hat er müssen wie jeder andere? Wie der Wirt drüben, wie unser Geselle oder sonstwer!

»Na, wo ist denn da–das Häus–ssschen!?« fragt er noch wehleidiger und fast geschlottert hat er. Ich hab noch ärger gestaunt und endlich hab ich hinten hinausgezeigt und gesagt: »H–ja, da–da draußen is 's Häusl, da hinten!« Und eh ich's richtig gesagt gehabt habe, ist er schon weggeloffen. Das ist gewesen, wie wenn mir einer mit dem Bierschlegel auf den Kopf gehaut hätte. Ich bin stehen geblieben – aus war es, ganz und gar aus mit jedem Respekt von da ab.

Dem großen Bismarck, habe ich viel später einmal gelesen, sind in seinem Leben ganze drei Landesfürsten in Badehosen unter die Augen gekommen, und da hat er auch absolut nicht mehr an das Hohe und Hehre von ihnen glauben können. Das hat mich dazumal sehr gefreut, weil mir dabei unser Offizier eingefallen ist. –

Endlich mit den Wunderbarkeiten, da ist es mir so gegangen: Die Kohlhäuslertraudl, von der wo ich im bayrischen Lesebücherl soviel erzählt habe, ist bei uns fast abgöttisch verehrt worden wegen ihrer Wunderkuren. Geheißen hat es, die stirbt nie, weil sie mehr weiß wie jeder Professor. Und da – auf einmal hat sie der Schlag getroffen und tot war sie.

Selbstredend, das hat in unserm ganzen Gau die allergrößte Bestürzung hervorgerufen. Jeder hat auf das hin gesagt: »Da, gell! Samt ihrer Wunderbarkeit hat sie weg müssen! Geh mir zu, das ganze Zeugs von ihr ist auch keinen Schuß Pulver wahr gewesen! Schwindel war's, nichts anderes!« Das hat mich natürlich sehr beeinflußt und ist mir geblieben.

Mit meinem Vater bin ich bei der Traudl ihrer Leich gewesen. Wunderschön hat der Pfarrer gepredigt am Grab. So gerührt bin ich davon geworden, daß ich beim Heimgehen noch geweint habe, und da hat mich mein Vater selig getröstet, indem daß er gesagt hat: »Ja, weißt es, Oskarl, da brauchst du dich nicht so grämen wegen der Traudl ... Der Pfarrer predigt bei jedem Menschen so, wenn es aus ist mit ihm. ... Genau so predigt er jedem Lumpen und jedem Menschen. ... Sei nur stad, Oskarl. ... Aber richte dich nicht danach, Oskarl, was der Pfarrer sagt, wenn er eine Grabpredigt halt't. ... Mit so guten Tugenden kommst du zu nichts. ... Die zahlt kein Mensch. ... Hast es schon gesehen mit der Traudl, samt ihrer Kuriererei ist's eingangen. ... Sei stad, Oskarl, aber gell, merk dir's: Trau keinem zuviel und mach's, wie's dir Nutzen bringt ... Wennst eingraben wirst, nachher lobt dich der Pfarrer genau so über den Schellenkönig, obst jetzt ein Bazi gewesen bist oder ein – –« Da hat er nicht mehr weiterreden können, weil der Wagner Neuner dazugekommen ist und mit tausend Neuigkeiten dahergeredet hat.

Als guter Katholik ehre ich Vater und Mutter über alles und habe mir die schönen Ratschläge von meinem Vater selig zu Herzen genommen. Ich bin nicht schlecht gefahren damit.

Ich denke also, der Herr Doktor haben jetzt die richtige Antwort auf seine Frage in bezug auf meine »innere Einstellung«, und ich beschließe damit mein Schreiben, indem ich zu weiteren Auskünften gerne bereit bin.

Hochachtungsvollst
Oskar Maria Graf, Verfasser.

Unüberwindliche Jugend

I. Die Mauer

Ich habe von meinen zwei älteren Brüdern Lenz und Maurus viel ertragen müssen, aber ich bin trotzdem sehr an ihnen gehangen. Am Lenz, weil er so echt bäuerlich romantisch, gutmütig und bei alledem draufgängerisch war, am Maurus, weil er schon von früh auf etwas Gescheites, Ehrgeiziges und überlegen Spöttisches gehabt hat, sehr reizbar war und unnachgiebig stolz sein konnte. Die Launen der zwei gingen immer an mir hinaus, ich stand gewissermaßen wie ein abhängiger Pufferstaat zwischen diesen zwei Großmächten, ich mußte mich unausgesetzt nach beiden richten, und wenn sie auf Kriegsfuß standen, ließen sie alle zwei ihren Zorn an mir aus, zugleich aber war ich in vielen Fällen das Element ihrer Versöhnung. Wir schliefen lange Zeit zu dritt in zwei aneinandergeschobenen Betten in der »warmen Kammer«, die direkt über dem Backofen lag. Das war für mich nicht gerade schön, denn ich mußte in der Mitte, auf den nur mit einer Wolldecke gepolsterten Bettkanten liegen und rutschte bald in das Bett vom Maurus, bald in das vom Lenz. Das war für mich insofern auch vorteilhaft, weil ich dann mehr zum Zudecken gewann. Aber wehe, wenn ich einem der Brüder dabei Platz wegnahm, wenn er gerade nicht gut aufgelegt war. Dann ging das Puffen an, das Stoßen und Zwicken, bis ich mich trübselig auf meine Kante zurückzog. Lenz und Maurus brauchten gar nicht zerkriegt sein, oft schikanierten sie mich bei solchen Gelegenheiten aus reinem Übermut, daß es kaum mehr zum Ertragen war. Und jekläglicher ich mich benahm, je mehr ich wimmerte, desto grausamer wurden sie. Wie auf Übereinkunft prüften sie, mit ihren Handflächen an meiner Körperseite herunter- tastend, ob ich auch gerade läge, und paßte es ihnen nicht, dann stieß der eine und der andere, bis ich weinend aus dem Bett stieg und mich einfach auf den warmen Ziegelboden legte. Lange war das nicht auszuhalten, hart war der Boden und eine dampfige Hitze stieg von ihm auf, denn drunten im Backofen brannte um die Zeit stets das Feuer. Ich wälzte mich hin und her, meine Glieder schmerzten, ich lauschte und wartete sehnsüchtig und verdrossen darauf, ob meine Brüder denn nicht bald einschliefen und endlich, als ich sie regelmäßig atmen oder auch leicht schnarchen hörte, versuchte ich mit aller Behutsamkeit ins Bett zu steigen. Aber Maurus und Lenz hatten sich nur verstellt, schnell packte mich einer am Fuß oder am Arm und mit wahrem Triumph fingen sie ihr Quälen von vorne an, bis ich mit Verklagen drohte. Alsdann sagten sie bloß noch: »Wart nur, feiga Kerl, dös muaßt morgn büaßn!« wandten sich ab von mir und ließen mich endlich in Ruhe. Wohl war mir jetzt erst recht nicht, denn daß sie mich der Feigheit bezichtigten, galt mir als besonders herabmindernd und außerdem beunruhigte mich, was sie am andern Tag mit mir im Sinne hatten. Ganz stumm legte ich mich gerade auf meiner Kante und rührte mich nicht mehr, auch sie sagten keinen Ton mehr und allmählich schliefen wir ein.

Einmal nach einer solchen Nacht waren meine Brüder den ganzen Tag ungut zu mir. Es war Herbst, die Kartoffeln waren im Keller, zu tun gab es nichts mehr und Maurus und Lenz verbrachten den Nachmittag auf den Mauern und Gerüsten des neuen Brauereibaues. Immer wenn ich mitspielen wollte, trieben sie mich weiter, zuletzt schlugen sie mich und warfen Steine nach mir. Traurig schaute ich ihnen von weitem zu und weinte. Als es endlich schon langsam zu dämmern anfing, wagte ich mich wieder bis zum Bau vor. Tollkühn balancierten meine Brüder auf den schmalen, rohen Mauern hin und her, da auf einmal erspähte mich Maurus wieder.

»Hundsbua, dreckiga! Bist scho wieda do!« schrie er, aber erst als er über eine gefährliche Stelle glücklich hinübergekommen war, schrie er noch einmal: »Do, geh rum, wennst dir traust, Feigling! Nacha san ma dir wieda guat!« Er wußte genau, daß ich nicht schwindelfrei war und vor solchen Waghalsigkeiten Angst hatte. Als fünfjähriger Bub nämlich war ich einmal von einer ziemlich hohen Schaukel heruntergefallen und seither konnte ich meinen Kopf nicht mehr zusammenhalten, wenn ich mich auf einem Baumast oder auf einer steil abfallenden Höhe befand. Es zog mich, wenn ich abwärts schaute, in die Tiefe. Diesmal aber vergaß ich alles, ich wollte um alles in der Welt bei meinen Brüdern wieder etwas gelten und setzte alsogleich den Fuß auf die Mauer.

»I trau mir scho! Ich geh schon num, aba guat müaßt's ma wieda sei! Ganz gewiß! … Nacha geh i num!« sagte ich zweiflerisch zögernd und spähte nach meinen Brüdern, die drüben am anderen Ende der Mauer standen. Der Nebel war schon dichter geworden und vermischte sich langsam mit Dunkelheit. Ich sah die zwei nur noch undeutlich, aber ich hörte, wie der Maurus herüberschrie:»Ja, wennst umagehst, san ma dir wieda guat! Los, geh weita! … Do is gor nix dahinta!«

»Ja, i kimm!« gab ich Antwort und setzte vorsichtig einen Fuß vor den andern. Es ging nicht anders, ich mußte aufpassen und immerzu nach unten schauen, um zu sehen, ob ich auch richtig auftrat. Abgebröckelter Mörtel rieselte in die Tiefe, da und dort gab sogar ein Ziegelstein etwas nach, ich schritt sehr unsicher dahin, spürte Angst und Schwäche, hörte meine Brüder drüben murmeln, dann schrie der Lenz: »Mach weita! Saus a bissl!« und ich machte verwirrt einige schnellere, unregelmäßigere Schritte. Ich verlor ganz kurz das Gleichgewicht, bog mich gerade noch zur rechten Zeit nach der anderen Seite und blieb auf einmal schlotternd und hilflos mitten auf der Mauer stehen.

»Wos is's denn? Kimmst nimma weita? … Geh hoit, Feigling!« spöttelte der Maurus. Ich aber war ganz schwach und fing plötzlich zu weinen an. Meine Brüder schimpften und gingen auf der Mauer, mir entgegen. Ich stand und heulte.

»Feiger Kerl! Hosenscheißer! Geh hoit weita!« plärrte der Lenz und der Maurus hinter ihm rief ebenso: »Do san ma dir net guat!« Ich versuchte ganz verzweifelt einen Schritt zu machen, linkisch hob ich meinen Fuß und wollte ihn nach vorne setzen, ich starrte in die neblige Tiefe, ein jäher Schwindel überfiel mich, es war als wenn mein ganzer Körper in sich zusammenklappte, einen Schrei stieß ich aus, spürte noch wie die feuchte Luft um mein Gesicht surrte und fiel hart und schmerzhaft auf dem Sandboden auf. Sekundenlang wußte ich gar nichts, es war mir immer noch, als drehte ich mich schwebend in der Luft, auf einmal wurde mir schlecht und ich erbrach mich, warmes Blut rann in mein rechtes Auge, ich rührte mich nicht und weinte immerzu stoßweise. Ganz wirr hörte ich die Stimmen meiner Brüder näherkommen, ab und zu riefen sie meinen Namen und endlich standen sie vor mir. »Oskar? Is dir wos passiert? Oskar! Oskar!« fragte der Lenz aufgeregt und alle zwei beugten sich nieder und zogen mich in die Höhe.

»Oskarl? Hast d' dir wehto? ... Wo, wo denn? Red' hoit, mach', red!« bestürmten sie mich, rüttelten an mir, fragten, suchten an mir herum, ich aber wimmerte bloß noch und weil ich mich vor Schwachheit nicht aufrechthalten konnte, darum steckte jeder seinen Arm unter meine Achseln und so hielten sie mich eine Zeitlang ganz ratlos. Es war ihnen selber angst und bang.

»Hm, Herrgott! I sog ja, du bist scho recht denggisch (linkisch) aa!« grantelte der Maurus verlegen und fing wieder zu fragen an: »Wo tuat dir denn wos weh? ... Hot's dir an Arm oder an Fuß o'gschlogn? Sog's üns hoit! Red hoit!« Der Lenz griff in mein Gesicht und ertastete die Wunde über meinem Auge. »Do, do hot er a Loch! Do blüat's er«, sagte er.

»Wo denn?« wollte der Maurus wissen und fuhr ebenfalls in meinem verschmierten, blutigen Gesicht herum. Er untersuchte die Wunde genauer, drückte, fragte, ob es arg weh täte und gleich darauf sagte er: »No, dös is it so arg, oder?« »Na–na–aa, mir is bloß so schlecht, u–o–auh–o! So–o–o schlecht«, klagte ich wiederum und hatte nur das eine Verlangen, mich einfach hinzulegen und einzuschlafen. Alles an mir war wie zerbrochen und ausgelaufen.

»Herrgott, hm! Wos macht ma denn do? Herrgott, hm, wos tean (tun) ma denn?« fragten sich die zwei Brüder zugleich und besannen sich. Weil ich immer wieder zusammensackte, rissen sie fester an mir und schimpften eindringlich: »So bleib doch steh! Nimm di hoit z'samm! Geh weita, geh! Mir gehnga hoam und füahrn di glei a's Bett auffi, daß koana spannt ... Geh, nimm di hoit fest z'samm, dös geht scho! Geh nur!« Ich ließ alles mit mir geschehen und sie zerrten mich mit vieler Mühe aus dem Baubereich, kamen auf die Wiese und da fing ich schon wieder zu klagen an. Aber sie ließen in ihrer Aufregung nichts mehr gelten.

»Geh nu! Es geht scho! Nu weita!« keuchte der Lenz und der Maurus hielt mir ärgerlich vor, daß sie mir doch bloß helfen wollten, ich soll doch auch was dazu tun.

»Mir san dir aa wieda guat und heunt Nocht derfst in mein'n Bett schlafa ... I lieg mi in d' Mitt nei' ... Mir sogn gor nix dahoam ... Mir bringa di glei' a's Bett auffi und waschn di und bindn di ei', gell«, wollte mich der Lenz ermuntern, aber mir war alles so gleichgültig, ich fing wieder ärger zu weinen an und wollte absolut nicht mehr weitergehen. Da wurden sie alle zwei kritisch und kannten keine Milde mehr.

»Weita jetz! Herrgott, du bist doch a rechte Feigling! A richtiga Hosnscheißa! ... Mir machert so wos gor nix aus! Scham di'!« räsonierte der Maurus und der Lenz zog heftiger nach vorne. Der Maurus stieß mich sogar ein paar Mal und drohte, sie fingen halbwegs zu laufen an und ich konnte jetzt auch allmählich meine Füße schneller bewegen. »Gell es geht! Stell di nu net gor so! Nu weita! ... Damischa Kerl, waarst hoit nacha it umaganga über d' Maur, wennst kennt host, daß d' es it z'sammbringst! ... Jetz hob'n mir's wieda mit dir!« knaunzte der Maurus und gab mir schon wieder einen Puffer. So kamen wir bei unserer hinteren Haustüre an. Ich weinte nicht mehr, wenngleich es mir elendiglich schlecht war. Meine Brüder horchten gespannt. Der Maurus sagte wispernd: »Na, dö san oisamm in der Kuchi vorn ... Do kemm (kommen) ma scho nauf a d'Kamma«, und machte vorsichtig die Türe auf. Wie wir aber auf dem Pflasterboden des inneren Hausganges standen, kam auf einmal vorne die Dirn aus dem Stall und schrie laut: »Jaja, um Gotteswilln, wos is denn do passiert! Wos is's denn mit'n Oskar? Der schaugt ja gräusli aus?« Und das lockte meine älteren Schwestern Emma und Resl und unsere Mutter aus der Küche. Ein Gejammer und Schimpfen und Fragen ging an und man trug mich in die Küche, wo der Vater auf dem Kanapee saß und sofort barsch zu fragen anfing.

»Wos's fehlt da denn? Ha, Buawei, wo host d' dir denn to?« wollte er von mir wissen, aber ich war ganz matt, weinte bloß wieder und da legte man mich auf das Kanapee. Meine Schwestern und Mutter kümmerten sich um mich und der Vater fing ein scharfes Verhör mit Maurus und Lenz an. Diese aber wollten gar nicht recht heraus mit der Sprache.

»Obagfoin is er a der Brauerei drunt«, gestand endlich der Lenz.

»Wo denn? ... Vo der Maur?« fragte der Vater.

»Ja ... Mir hobn 's it gesehng ... Er hot auf oamoi gschrien und nacha hobn ma's gsehng ... Mir kinna aa nix dafür, daß der überoi umanandersteigt! ... Mir hobn 's eahm it gschafft«, sagte der Maurus frech.

»Ös Saubuam, ös misrablige! Ös Hundsbuam, ös dreckige!« habe ich noch gehört, weiter nichts mehr.

Zwei Tage darauf bin ich aufgewacht und der Arzt stand vor meinem Bette. Ich schlief nicht mehr in der warmen Kammer, sondern in der von der »alten Resl«. Das war die Schwester meines Vaters. Fünfzigjährig, ganz idiotisch und außerdem ein Zwerg, kaum einen Meter groß. Dieser hatte man aufgetragen, auf mich aufzupassen. Der Doktor sagte, als ich die Augen aufschlug: »So, na, wia gehts uns denn, Bürscherl? Hast d' Kopfweh?«

Ich glotzte ihn ganz erstaunt an. Mir war im Augenblick pudelwohl, aber den Arzt habe ich immer gefürchtet.

»Guat, warum?« fragte ich und auf einmal befiel mich eine ganz sonderbare Angst, weil meine Mutter und die Emma so bekümmert auf mich schauten. Ich richtete mich halb auf und fragte hilflos: »Wos is's denn? ... Muaß i sterbn, Muatta?« Eine jähe, fliegende Mattigkeit erfüllte meinen ganzen Körper, den Verband um den Kopf herum spürte ich schmerzhaft wie einen Eisenring, aber ich lag schon wieder im Kissen und döste mit geschlossenen Augen.

»Der wird schon wieder, Frau Graf ... Das Ärgste hat er hinter sich«, hörte ich den Doktor sagen. Meine Mutter murmelte etwas. Ich verhielt mich still, wenngleich mich trotz aller Mattigkeit eine gespannte Unruhe erregte. Mutter, Emma und Doktor gingen aus der Kammer. Die alte Resl griff über die Decke und streichelte mein heißes Gesicht.

»O–oka, O–oka kra–ank, arme O–oka«, stammelte sie in ihrer mangelhaften Aussprache und keuchend schnaufte sie. Ich riß die Augen weit auf und sah in die ihren. Die waren wässerig und groß und ganz empfindungslos im Ausdruck. Sie verzog ihr vielfaltiges Froschgesicht und lächelte ein wenig: »O–oaka ... boi wieda gsund sei ... Oka it sterbn.«

»Na! Na, oite Resl! Na, it sterbn, gell, gor it sterbn!« hauchte ich und mein Herz fing schneller zu schlagen an, meine Schläfen trommelten, ich kam nicht mehr recht nach mit dem Atmen, die Brust schien mir zu eng, ich wollte aufschreien und schluckte. Ich biß die Zähne fest aufeinander und fäustete die Hände, etwas wie ein großer schwarzer Schleier schwebte an meinen Augen vorbei, ich riß den Mund auf und holte Luft.

»O–o–oka ...« plapperte die alte Resl und ich schrie mit aller Anstrengung: »It sterbn! It ster–rrbn ...« Dann war es wieder dunkel und leer um mich herum. In derselbigen Nacht soll ich phantasiert haben, aber am andern Tag wurde es fühlbar besser mit mir. Ich mußte noch acht Tage im Bett bleiben. Das war sehr langweilig, aber als einmal der Lenz und der Maurus ganz dasig mit der Mutter an mein Bett kamen und recht scheinheilig fragten: »Wia gehts dir denn, Oskar?« da wurde mir wohlig zu Mute und, vielleicht weil ich spürte, wie klein sie vor mir standen oder auch, weil ich mir wie ein Mensch vorkam, der jetzt endlich einmal bewiesen hatte, daß er nicht feig ist, drum sagte ich ganz munter:»Mir? ... I spür nix mehr ... I hob fei nix an Vata gsogt, gell! Und wenn's it so dunki gwen waar, nacha waar i aa it über d'Maur obigfoin.« Sie machten alle zwei recht dumme Gesichter und nickten bloß.

»Weil d's oiwai ois otreffts aa!« grantelte die Mutter sie an. Mir aber kam ein großer Übermut in alle Glieder, ich richtete mich auf und lachte und schaute auf alles, als wäre ich von einem schrecklichen Traum in die schönste Wirklichkeit zurückerwacht.

»Muatta, wenn derf i denn wieda aufsteh?« fragte ich, »i bin ja scho lang gsund.« Und wie sie sagte, morgen oder übermorgen, schnalzte ich mit der Zunge und machte eine wilde Schwungbewegung mit dem Arm. »Haut scho!« jubelte ich meinen Brüdern zu:»Mei Liaba, do werd's lusti!« Das Leben strömte wieder in mich, das ganze, unüberwindliche Jungsein.

II. Der Hund

Solange wir in die Werktagsschule gingen, hatten wir nicht arg viel mitzuhelfen bei der Arbeit zu Hause, im Sommer vielleicht Brotaustragen und Heuen, aber im Winter gab es auch das nicht. Außerdem drückten wir uns zur rechten Zeit. Wenn wir so an Wintertagen von der Schule heimkamen, schlangen wir in aller Eile das Essen hinunter und liefen davon. Oft und oft schrie uns die Mutter nach:»Gell, daß's fei net wieda oin Teifi o'treffts!« Aber unser Vater hatte es ganz gern, wenn seine Buben wild waren. Er sagte dann meistens zur Mutter:»Ah! Dö verrecka it. Brauchst koa Angst it hobn ... A Groß's werd vui eher hi, aba dö hoit der Teifi it.« Er sagte es zwar stets ein wenig mürrisch, aber es klang doch eine wirkliche sorglose Zuversicht mit. Er hatte ja auch recht, denn wenn ich heute zurückdenke, was wir alles trieben, wundert es mich wahrhaftig, daß wir immer so heil davonkamen. Wir hatten einmal einen kalbgroßen, braunen Bernhardinerhund namens Nero. Den richteten wir zu allem ab und weil er so grundgut war, mußte er die größten Schindereien ertragen. Ich mußte einmal nach Starnberg an einem schulfreien Tag, weil Maurus und Lenz bei der Weihnachtsbäckerei mithalfen. Um nun schneller und kurzweiliger vorwärtszukommen, spannte ich den Nero vor meinen Schlitten, lief mit ihm eine Zeit lang und hockte mich dann geschwind auf den Schlitten. Der Hund aber zog nicht lange, mochte ich ihm schmeicheln oder ihn schlagen, er wollte nicht und war bockig. Im Wald schnitt ich eine lange Rute und als ich in Starnberg alles erledigt hatte, kaufte ich beim Roßmetzger zwei Paar Pferdewürste. Da band ich nun ein Paar vorne an die Rute und hielt diese Lockspeise, nachdem ich alles auf den Schlitten gepackt und mich selber daraufgesessen hatte, so über den Rücken des Hundes hinweg, daß er sie ständig vor seinen Augen hatte. Das war wunderschön. Der Nero sah die Würste und fing zu laufen an, über Stock und Stein ging es, der Hund vergaß die Zuglast und den Weg, er rannte und sauste wie um die Wette, ich fuchtelte mit meiner Wurstrute bald näher, bald wieder weiter weg von seiner Schnauze und schrie immerzu: »Such's, Nero! Such's!« Der Hund bellte, keuchte, machte wilde Sprünge und raste wieder weiter. »So brav, Nero! Such's, such's!« ermunterte ich ihn fort und fort und hielt mich fest am Schlitten. Der Hund stieß nach vorne, brüllte vor Gier, wurde ganz und gar wild und – krach! – hatte er die Zugstricke abgerissen, ich fiel in großem Bogen an den Zaun der Ratibor-Villa, der Schlitten war kaputt und die Fünfpfundtüte mit den Mandeln zerplatzt, das Orangeat und Zitronat lag weit verstreut im Schnee, der Hund hatte die Würste erschnappt und war weg, auf und davon. Erst nach einer Weile konnte ich mich wieder aufrichten, mein Kopf surrte, meine Rippen taten mir weh und den Fuß hatte ich mir verstaucht. Humpelnd suchte ich meine Siebensachen zusammen, packte sie so gut es ging in meinen Lodenumhang, nahm den Schlitten auf den Rücken und marschierte ärgerlich heimzu. Da lag Nero vor seiner Hütte, immer noch mit den Stricken um Brust und Leib und lechzte. Ich machte ihm eine wütende Faust und als ich ins Haus kam, log ich, ich sei ausgerutscht und so unglücklich hingefallen, daß ich mir fast den Fuß abgerissen hätte. Lange bin ich so herumgehumpelt, den Nero aber lockte ich einmal hinter das Dorf und schlug ihn furchtbar. So sehr, daß das gutmütige Tier zuletzt nach mir schnappte. Meine zwei übriggebliebenen Roßwürste habe ich am andern Tag in der Schule um einen Kapselrevolver vom Pfisterer-Xaverl von Farchach eingetauscht. Zwei Schachteln Kapseln hat mir der Xaverl noch dazugegeben.

Mit dem Nero aber erlebten der Lenz, der Maurus und ich einmal etwas viel Schlimmeres. Das war im Sommer beim Baden. Ich konnte dazumal wohl schon ganz passabel schwimmen, aber nicht sehr weit. Lenz und Maurus aber schwammen stets so tief in die Seemitte hinein, daß man kaum noch ihre Köpfe sehen konnte. Der Nero hockte meistens auf dem sonnigen Steg, lief manchmal unruhig hin und her oder sprang und bellte, wenn wir ihn anspritzten. Eigentlich aber ging er nie von selbst in das Wasser, wenn man ihn jedoch hineinwarf, dann schwamm er ziemlich gut und geschwind.

An einem dieser brennend heißen Tage war es am Seeufer besonders lebhaft. Drüben in den Badehäusern der Herrschaftsvillen und in der Badeanstalt vom Fischer Liedl tollten die lärmenden Sommerfrischler, herüben in den Schiffhütten wir Dorfbuben, jeder Fleck am Ufer war besetzt, lustiges Geschrei herrschte überall, und der Nero auf dem Steg stieß ab und zu sein fast klagendes Gebell in die Luft, weil der Lenz und der Maurus ihn von weit draußen immerfort riefen. Ich sprang endlich auf den Steg und warf den Hund ins Wasser. Es platschte, das riesige Tier ging unter, dann aber tauchte es auf und schwamm geradewegs auf meine Brüder zu, schwamm und schwamm, und am Ufer freute sich alles darüber. Lenz und Maurus draußen waren ebenso belustigt, stießen sich manchmal hoch aus dem Wasser und winkten und lobten den herannahenden Hund. Dieser schoß immer geschwinder dahin und erreichte endlich den Lenz. Ein großes Jubelgeschrei erscholl unter uns Zurückgebliebenen, und die Herrschaften staunten und lachten, weil der Hund im Wasser seine Vordertatzen hob und sie, laut bellend, dem Lenz immerzu auf die Schultern schlug. Zuerst sah das sehr drollig und lustig aus; aber plötzlich schrie der Lenz fürchterlich, und wir sahen, wie der Maurus hastig auf ihn zuschwamm. Der Hund nämlich schien sehr erfreut und klammerte sich immer bedrohlicher an den Lenz; alles Stoßen, alles Rufen und Schimpfen half nichts, mein Bruder ging immer wieder unter, tauchte auf und schrie brüllend, rang und kämpfte mit dem Vieh. Maurus war in die Nähe gekommen und schrie um Hilfe, er hob immer die Faust und schlug auf den tollgewordenen Hund ein, riß an seinem Halsband, aber vergebens; man hörte ein verzweifeltes Hilfeschreien, und ganz entsetzt stoben jetzt alle Badenden am Ufer durcheinander; wir Buben fingen zu schreien und zu weinen an, lockten den Hund und warfen die Arme. Es war grausig.

»Helfts! Helfts, der Lenz dersauft!« plärrte ich ganz ratlos und verlor vollends den Kopf, als ich jetzt sah, daß der Hund sich auch auf den Maurus warf und ihn genau so untertauchte, ohne daß der erschöpfte Lenz helfen konnte. Der Fischerjackl sprang endlich in ein Boot, mehrere Herrschaften mit ihm, und mit aufgeregter Hast ruderten sie auf die Kämpfenden zu. Auch der Martl und ich schoben das Flachboot heraus und ruderten in den See hinaus. Die Leute waren ans Ufer gelaufen, standen mit den Badenden da und klagten, redeten und schrien. Der Lenz war auf einmal nicht mehr sichtbar, der Maurus plärrte gräßlich, der Hund bellte.

»Fahr! Fahr!« schrie ich dem Martl zu: »Da Lenz is scho dersuffa!« Das Boot vom Fischerjackl hatte den Maurus erreicht, ein Herr im Badeanzug sprang mutig ins Wasser, und gleich darauf sahen wir ihn mit dem völlig erschöpften Lenz auftauchen. Der Fischerjackl riß ein Ruder heraus und schlug mit aller Gewalt auf den Hund ein; dieser stieß ein schreckliches Gebrüll aus und versank mit dem Maurus.

»Herrgott! Herrgott, der ziagt ja an Maurus aa obi!« jammerte ich dem Jackl zu. Wir waren unterdessen auch am Kampfplatz angekommen. Das Wasser warf weite gurgelnde Ringe, und jetzt tauchten Maurus und Hund wieder auf. Den Lenz hatte der Herr schon mit Hilfe der anderen Bootsinsassen gerettet; ich sah den nach Luft schnappenden, wasserspuckenden Maurus und sprang wie besinnungslos ins Wasser, packte den blutenden Nero am Halsband und riß daran mit aller Kraft. »Raus! Raus! Dumma Kerl, raus!« schimpften die Leute im Boot, und der Herr, der vorhin den Lenz herausgezogen hatte, streckte die Ruder aus, der Maurus klammerte sich daran, der Herr riß fest an, und jetzt merkte ich plötzlich – der Hund gab nach, bellte und wollte sich auf mich werfen. Ich ließ los, schrie, ging einmal unter und tauchte gurgelnd auf, dann erwischte ich die Ruder vom Martl. Der Fischerjackl schlug noch einmal mit dem umgekehrten Ruder über die Schnauze Neros, Blut spritzte auf, der riesige Körper des Hundes zuckte ein paarmal, streckte alle vier Füße gradaus und schwamm etliche Sekunden lang wie ein klitschnasses Fell auf dem blutig gefärbten Wasser, dann gurgelte es und weg war das Vieh.

»Der is hoit hi jetz!« sagte der Fischerjackl, während sich die anderen um den Lenz kümmerten und dessen Arme hin und her zogen. Der Maurus hockte vollkommen matt und schlotternd auf dem Bootsboden und hatte starre Augen. Ich hörte die Fremden drüben tuscheln und weinte, heulte, schrie: »Der Lenz is tot! U–au! Da Lenz is tot!« Aber auf einmal schrie ein Herr vom andern Boot ziemlich barsch: »Macht, daß ihr ans Ufer kommt! ... Das ist noch gut abgegangen.« Ich riß Maul und Augen auf und glotzte auf ihn, dann auf den Maurus. »Nana, er rührt si' scho wieda ... Fahrts nu eini«, sagte der Fischerjackl, und der Martl zog fest aus und ruderte ans Land. Um das ankommende Boot vom Fischerjackl sammelten sich alle dicht und aufgeregt. Meine zwei Brüder trug man in das Liedlhaus, und alles lief mit. Ich kam jammernd daher und fragte fort und fort: »Wos is's denn? ... Sans tot? ... Wo san's denn?« Der Fischer Liedl aber trieb uns weiter und sagte energisch mit seiner fetten Stimme: »Lausbuabn seid's! Wos machts oiwai solcherne Dummheitn ... Machts daß' außikemmts ... Deine Brüada fehlt nix! Marsch, weita, außi!«

Wir – der Martl, der Schmerberhans, der Müllersteffl und der Kramerfeichtsepp – gingen in die Schiffhütte zurück und waren sehr ernst.

»Der wo's aussazogn hot, dös is ja a Dokta ... Der werd's hoit jetz wieda ganz herricht'n«, meinte der Sepp. Ich hörte kaum hin.

»Tot wenn's it san, nacha bet' i jedn Tog zwoa Vaterunsa extra und bin a Johr lang brav«, sagte ich ganz einfältig und schmerzhaft.

»S' zwoate Moi hot da Jackl an Nero richti troffa ... Wenn er gleich guat zielt hätt, waar der Hund s'erste Moi scho hi'gwen«, meinte der Martl. »Ma muaß grod schö treffa üba d'Schnauzn umi ...«

»Der Sauhund!« sagten wir zugleich. Da ging hinten die Schiffhüttentüre auf und der Herr im Badeanzug und eine Dame kamen mit meinen Brüdern, daher. »So, und jetzt zieht euch schnell an und macht, daß ihr heimkommt«, sagte der Herr. Die Dame schnitt eine schmerzhafte, besorgte Miene und schüttelte immer den Kopf: »Wie kann man aber auch die Kinder so allein baden lassen! ... Eigentümliche Vorstellungen von Erziehung haben die Leute, hmhmhm ...«

Ganz dasig zogen sich Lenz und Maurus an, und wir taten dasselbe. Erst als die Herrschaften weg waren, gleimten wir ein wenig auf.

»Auf'n Land hätt er enk it Herr word'n, der Nero«, meinte der Schmerberhans, weil ihm der Mut von meinen Brüdern imponierte. Jeder von uns sagte ihnen so etwas Ähnliches. In unseren Augen waren sie Helden.

»Aba g'sogt derf nix werdn, daß der Sauhund hi is!« sagte der Lenz fast befehlshaberisch, und jeder versprach es. Daheim aber wußten sie alles schon. Unser Vater hat jedem ein paar Watschen gegeben, und gesagt hat er, baden dürfen wir nicht mehr. Den toten Nero hat es am anderen Tag ans Ufer geschwemmt, und der Fischerjackl hat ihn vergraben müssen. Wir haben schon am übernächsten Tag wieder heimlich gebadet, und nach einer Woche hat unser Vater seine Drohung oder vielmehr sein Verbot längst vergessen gehabt.

III. Die Eisscholle

Sobald der See zugefroren war, sind wir nicht mehr zu halten gewesen. Wir waren die ersten und die letzten, die drauf Schlittschuh fuhren. Die Ortspolizei und die Fischer hatten zwar strikte Weisungen, erst nach genauester Prüfung den gefrorenen See freizugeben, aber was kümmerte uns das! Wir wußten tausend versteckte Uferstellen, von wo aus wir eben doch auf das Eis kamen, und daß dabei etwas passieren konnte, kam uns gar nie in den Sinn. Wir untersuchten die Eisflächen selbst und spielten dabei Nordpolforscher. Der Lenz war immer der Nansen, wir seine Hilfskapitäne und Mannschaften. Der Maurus wollte sich nie einen Namen beilegen und konnte auch dieses romantische Spielen nicht leiden. Er ging zwar mit uns, aber er unternahm stets alles auf eigene Faust und war sehr verwegen dabei. Das war sehr ärgerlich für uns, aber es entspann sich dabei stets ein Wettkampf im Überbieten der Kühnheit. Wir nämlich machten umständliche Entdeckungsfahrten auf dem Eise, und wenn wir eine bestimmte Fläche ganz und gar auf ihre Tragfähigkeit untersucht hatten, zogen wir mit den spitzen Stöcken Linien, markierten auch da und dort eine solche Grenze durch eine Schneesäule und nannten dann so ein Gebiet »Island« oder »nördliches Spitzbergen«, »Bismarckstraße« oder »Kaiser-Franz-Josephs-Land« und so weiter. Maurus aber kümmerte sich um all das nicht und fuhr einfach über unsere Grenzen hinweg, sauste hin und her auf dem krachenden, biegsamen Eis und verpfuschte uns immer die ganze Nordpolentdeckung. –

An einem Nachmittag im späten Februar sprangen Maurus, Lenz und ich wieder auf das Ufereis von Berg und fuhren seeeinwärts. Wir sausten sehr schnell dahin; denn der Fischer Liedl und der Wirt vom Seerestaurant hatten uns entdeckt und pfiffen schon, schrien und schimpften. Schon seit vier Tagen nämlich war das Eis im Aufgleimen und der Zutritt zum See verboten. Wir sprangen über die oft meterbreiten Risse von einem Eisfeld auf das andere; das Eis bog sich, das Wasser spritzte hoch auf, wir freuten uns und hörten nicht auf das dumme Schreien und Pfeifen vom Ufer her.

»Fahr nu weita! Nu zua! Auf Kempfahausn obi ... Do gehng ma nacha raus!« rief uns der Lenz zu, und wir lachten sehr, weil die Rufer sich nicht in den See trauten.

»Do schaug' ... schaug! Oiwai mehra Leut' kemma und wia's jammern, dö Feigling! Ha, dö derwischn üns ja doch it ... Fahr nu zua!« sagte der Maurus und deutete auf das schon dämmerige Ufer.

Die Schreie wurden immer jämmerlicher, immer dringender. Wir kümmerten uns nicht um sie. Ein Riß kam wieder; »Ho-hopp!« jauchzte der Maurus und sprang auf die drübere Eisplatte. Der Lenz folgte, ich aber schaute ängstlich auf das hervorquellende Wasser und zögerte.

»Weita! Spring rum! Dös geht leicht!« schrien meine Brüder.

»Ja, aba es is so broat!« jammerte ich kleinlaut und suchte nach einer etwas schmäleren Stelle. Lenz und Maurus schimpften. Ich faßte endlich Mut und kam gerade noch mit einem nassen Fuß drüben an, meine Brüder zogen mich mit und Maurus meinte, wir müßten uns beeilen, jetzt sehe man noch halbwegs die Richtung, aber der Nebel werde immer dichter.

»Wart's a bissl! ... Bleibts do steh ... I fahr amoi umananda und schaug', wo überoi Sprüng san und wo ma am bessern weitakemma«, sagte er und fuhr weiter. Der Nebel wurde dicht und dichter, wir hörten das Wasser rauschen, und rundherum grollte das Eis.

»Maurus! ... Maurus! Geh weita, mir müassn macha, daß ma außikemma!« rief der Lenz, und weit weg gab Maurus an. Gleich darauf tauchte er auf und sagte ein wenig aufgeregt: »Du, dö Eisplattn, wo mir drobn san, hört glei do vorn ganz auf ... Do is scho nix mehr ois Wassa ... Mir müassn wieda z'ruck und üba den Riss, daß ma hoamkemma.«

Eilsam sausten wir zurück, aber – o Schrecken! – jetzt war der Riß schon fast vier oder fünf Meter breit. Wir schwammen – schwammen losgelöst auf dem offenen See. Durch die Nebelschwaden drangen immer noch die fernen Pfiffe und Schreie, wie Weinen und Jammern hörte sich's an.

»Herrgott! ... Wos mach' ma jetz?« raunte der Maurus benommen, und wir schauten einander ratlos an.

»Do ... Mir schwimma ... Schaug hi, d' Welln treibn auf Starnberg zua«, meinte der Lenz und deutete auf das dunkle Wasser. Ganz langsam trieb unsere Eisplatte weiter. Ich spürte, wie meine Füße naß wurden, mein Magen rumorte, und mein Herz schlug vor Angst, und weil auch meine Brüder diesmal so gänzlich stumm blieben, sagte ich auf einmal jammernd: »Schrei ma! Schrei ma, daß's üns helfa!«

»Ah! ... Dö kinna aa nix macha ... A Schiff bringa's net rei ... Aiso wia sollns üns denn helfa kinna?« meinte der Maurus und schlug vor, noch einmal die schwimmende Fläche zu umfahren, vielleicht sei doch wo eine schmale Stelle, von der aus man auf eine neue Platte springen könnte. »Bleib du dawei do ... Mir kemma glei wieda«, befahlen mir die zwei. Ich aber sträubte mich heftig dagegen und wollte mit. Sie mußten grob werden und fuhren weiter, ich hielt ein wenig ein, und als ich sie nicht mehr sah im Nebel, bewegte ich mich langsam vorwärts. Ich schlotterte und malte mir traurig aus, wie das sein könnte, die ganze Nacht auf dem Eis. Der kühne Nansen fiel mir ein. Genau so, dachte ich, ist es dem sehr oft gegangen – aber wir haben keine Decken, keinen Schlitten und können auch kein Feuer anmachen, das ist schon noch ärger. Mir fiel auch auf einmal das Ertrinken ein. Ganz deutlich stellte ich mir vor, wie man untergeht, immer wieder zu schwimmen versucht und stets mit dem Kopf, wenn man nach oben will, an die Eisdecke, die über einem wegschwimmt, stößt – und man kriegt keine Luft mehr, man schaut im dunklen Wasser umeinander, Herrgott, ja! Und nachher sinkt man auf einmal immer tiefer, ganz tief, am tiefsten – und schreien kann man auch nicht, und es weiß kein Mensch, wo man ist – –

»Oskar?! Oskar?!« hörte ich jetzt meine Brüder rufen.

»J–ja, ja! Do bin i«, gab ich an.

»Mir müassn scho dobleibn ... Es hilft nix«, sagte jetzt der Lenz ganz in meiner Nähe, und er und Maurus erzählten, daß nirgendswo eine schmale Stelle sei.

»Ünsa Eis is wia a Floß ... Schod', daß ma koane Ruadern hobn ... Nacha kunnt ma ja fein dahinfahrn und waarn schnell wieda draußn«, meinte der Maurus.

»Vielleicht gehnga ünsere Stecka«, warf ich ein.

»Ah! Dumma Kerl, dumma ... Mir bleibn jetz ganz einfach do und aus ... Wenn mir a so dahitriebn werdn, kemma scho amoi auf a anders, festers Eis«, sagte der Lenz, und wir hockten uns einfach unruhig auf das nasse Eis. Eine Weile brachte keiner ein Wort heraus. Mir fiel ein, daheim in der warmen Kuchl wäre es jetzt so schön und gemütlich, und ich verwünschte das ganze Schlittschuhfahren; mich fror, ich war ärgerlich auf meine Brüder, und immer wieder kam mir das mit dem Ertrinken in den Sinn. Schauerlich war mir zumute.

»Da Nansn hat wochalang a so aufn Eis zuabringa müassn«, sagte der Lenz. »An Nordpol drobn gibts übahaaps koa Land, bloß lauta Schnee und Eis ...«

Jetzt sahen wir überhaupt nichts mehr als Nebel, totenstill war es rundherum, und dunkel wurde es schon langsam.

»Herrgott, da Liedl und da Seewirt werd'n 's sicha scho sogn dahoam«, meinte der Maurus. Wieder schwiegen wir.

»Mi friert a so«, wimmerte ich einmal. Meine Brüder gaben nicht acht darauf.

»Do! Dos (horche) ... dos!« sagte der Lenz und hob den Kopf. Ganz fern hörten wir dünne Stimmen und Rufe.

»Dös san oiwai no dö an Ufa z'Berg«, murmelte der Maurus gleichgültig. Er zog ewig sein' Rotz in der Nase hinauf und rieb sich die Hände. Der Lenz stand auf und sagte: »Mir derfa it oiwai auf oana Stell liegn ... Do werds warm unta üns und nacha brech' ma durch ...« Er fing an, seine Schlittschuhe abzuschnallen und meinte dabei: »Weitafahrn kinn' ma ja doch it. I geh jetzt nacha a bissl hin und her ...«

»Ja, in Gottswilln, wenn kemm' ma denn außi? ... Müaß ma do üba Nocht bleibn?« fragte ich jämmerlich.

»Freili, damischa Kerl, depperta ... Jetzt is's scho, wia's is«, fuhr mich der Maurus an. Und nachdenklich für sich sagte er: »Wenns bein Tog waar, müassert 's ganz schö sei, wenn ma a so dahinschwimmt ... Passiern konn üns ja nix.« Die Zeit wurde lang, immer länger. Brummig und mürrisch tappten wir hin und her.

»I schrei jetzt amoi!« sagte der Lenz.

»Ja, schrei'n ma!« meinte auch der Maurus, und alle drei schrien wir tonlos in die nebelstumpfe Dunkelheit hinein. Wir horchten gespannt. Niemand gab mehr an. Wir schrien wieder und viel lauter. Nichts.

»Herrgott, wos mach ma denn? ... Hm«, wurde jetzt der Maurus ungeduldig. »Wenn ma üns einfach ausziagn und schwimma?« schlug der Lenz zweiflerisch vor.

»Ah! ... Mir wissn ja gor it, wo ma san ... Und – nana, dös geht net – 's

Wassa is eiskoit – do san ma hi, wenn ma einisteign – und – und nacha kinn' ma leicht unter' Eis kemma ... Härst es denn it, wia's treibt ... Nana, dös geht net«, sagte der Maurus stockend.

»Herrgott, mir müassn aba doch außi«, drängte der Lenz. Ich merkte, wie meine Brüder immer unruhiger wurden und verlor jetzt allen Mut.

»Waar'ds hoit it einiganga an See ... Hu-khu, jetz san ma hi, hu-k-k-h-u«, fing ich zu weinen an. Meine Brüder waren diesmal nicht grob zu mir. Sie fingen nach einer Weile sogar an, mich zu trösten. Untergehen tun wir nicht, meinten sie immer wieder, ich soll nur fest bleiben, einmal müßte ja unser Floß doch wo landen.

»Mut, Swerdrup!« sagte der Lenz, weil er wußte, daß ich das sehr gern hatte, wenn er mich als Nansens besten Mitarbeiter bezeichnete. Ich verlor aber die Hoffnung immer mehr und heulte zuletzt schrecklich.

»Laaf a bissl auf und o, nacha werd's dir warm«, redete mir der Maurus zu, weil er meinte, ich weine nur wegen dem Frieren.

»Mi friert gor it ... Aba-aaba außi mächt i, au-außi«, jammerte ich noch ärger.

»Ja, Herrgott, mir kinna doch aa nix dafür ... Mit dein' Blecka werd's aa it bessa!« knurrte der Maurus mich an.

»Ja, wennd's it rei waards, waar ois's it passiert ... I mog nimma!« plärrte ich.

»Di nehm ma nimma mit ... Dös sell woaß i gwiß«, sagte der Lenz verstimmt.

»Jetz schaugn ma amoi nochmoi umanand, geh weita«, forderte der Maurus den Lenz auf, und sie wollten schon gehen. Da auf einmal tat es einen furchtbaren Krach, und das Eis unter uns zitterte schwer nach, ein splitterndes Schieben setzte ein.

»Auf! Jetz san ma wo o'gsteßn, weita, Oskar, auf!« schrie der Maurus, und wir liefen nach der Richtung, wo es gekracht hatte; kaum waren wir zehn Meter von unserer Stelle, da krachte es wieder, und zu unserem Schrecken merkten wir, hinter uns mußte das Eis zersprungen sein. Wir liefen, was wir konnten, nur der Maurus schob ständig seinen Stock vor sich her.

»Hoit! Stad! Langsam geh, do is a Loch!« schrie er hastig zurück. Wir blieben stehen. Unser Eisfloß war an ein anderes gestoßen und schwamm drunter hinein, das zischende Wasser stand uns halb bis zum Knie.

»Zruck! Zruck! Do dersauft ma!« schrie der Maurus und drängte uns zurück. Ich schrie wie am Messer und wollte mich nicht mehr von der Stelle bewegen. Er riß mich zurück und schleifte mich. Es gab abermals einen Kracher, und mit furchtbarer Gewalt schob sich der Boden unter uns immer weiter, jeder ließ seine Schlittschuhe fallen, jeder fiel vornüber, und jeder machte unwillkürlich Schwimmbewegungen, jeder schrie auf wie ein Vieh. Der Maurus hatte mich am Handgelenk und gab sich auf einmal einen Schwung – sst – lagen wir alle zwei auf festem, rauhem Ufereis, krochen eilsam und ängstlich weiter wie Wiesel und richteten uns auf.

»Lenz ... Lenz!!!« schrie der Maurus.

»J-jaja, do bin i!« gab der an.

»Bist aufn Eis?« fragte der Maurus fliegend.

»Ja, i kimm scho!« schrie der Lenz aus dem Dunkel, und wir hörten seine Schritte rechter Hand von uns. Ich merkte, wie der Maurus aufschnaufte, wie er zitterte.

»Gott sei Dank! ... He-errgott mei Liaba ... Do hättn ma hi' sei kinna!« sagte er, als Lenz da war. Alle drei tropften wir, der Lenz hatte sich das ganze Gesicht verkratzt, der Maurus die Hände, ich mir die meinen auch. Keine Schlittschuhe und keine Stecken hatten wir mehr, aber es war uns doch sauwohl, weil wir wieder sicheren Boden spürten. Wir krochen auf allen Vieren von dannen und kamen glücklich an Land. Als wir umschauten, waren wir am Kempfenhausener Ufer. Wir fingen zu laufen an und setzten nicht aus, bis wir daheim ankamen. Da saßen Mutter und unsere Schwestern in der Küche und weinten. Der Liedl war dagewesen und hatte erzählt, daß wir in den See hinein wären und wahrscheinlich nicht mehr herauskämen. Er schimpfte zuletzt furchtbar und meinte, eine Verantwortung könnte er da nicht übernehmen, wir Lausbuben seien an unserem Tod selber schuld. Und alsdann war er gegangen, weil ihm meine Mutter gesagt hatte, unser Vater sei in Leoni beim Bier.

»Jajaja, um Gottswilln, um Gottswilln! Ja-jaja, Annananananana, jetz sowos!« klagte unsere Mutter in einem fort, als wir vor ihr standen, dann aber fing sie doch zu schimpfen an: »Glei ziagts enk aus und machts dassz a's Bett kemmts, ös Lausbuabn, ös rotzige! Diesmal folgten wir sofort. Der überstandene Schreck hatte uns dasig gemacht.

Schulfeme

M ein bester Spezi in der Werktagsschule ist der Kramerfeichtmartl gewesen, weil man sich auf ihn absolut verlassen hat können. Wenn wir etwas angefangen haben, da ist nie nichts herausgekommen, das heißt, wenn bloß wir zwei allein was gemacht haben. Saudummerweise aber hat der Martl die Gewohnheit gehabt, immer den dappigen Baron-Alfred mitzuziehen, und dieser hat alsdann meistens, wenn er ins Kreuzverhör gekommen ist, alles brühwarm gesagt.

Der Baron-Alfred ist ja soweit nicht zuwider gewesen, wenn er gleich ein Herrschaftenbürscherl gewesen ist. Gefolgt hat er uns auf das Wort, das ist schon wahr. Das hat aber auch seinen guten Grund gehabt. In der Schule ist er nämlich saudumm gewesen und hat nie was gewußt, wenn ihn der Lehrer was gefragt hat. Darum haben wir ihm immer eingesagt, natürlich bloß deswegen, weil uns der Alfred meistens einen Lebkuchen oder ein Zehnerl geschenkt hat. Wenn es ein anderer und nicht der Baron-Alfred gewesen wäre, dann hätte uns der Lehrer sicher Tatzen gegeben oder übergelegt. Das ist ja schon immer so gewesen: Bei den Besseren drücken die Herrn Lehrer ein Auge zu und sehen und hören nichts, wenn es gleich noch so dumm ist. –

Wir haben aber auch hie und da Rache genommen, und zwar richtig. Wir haben dem Alfred schon oft sowas Saudummes eingesagt, daß der Herr Lehrer wie ein bäriger Gockel gestiegen ist.

»Alfred«, fragt er zum Beispiel einmal, »mache mir einen Satz vom Hahn.« Das Herrschaftsbürscherl steht auf, macht ein Gesicht, als wie wenn ihm der Ochs hineingetreten wäre, drückt hinum und herum und weiß gar nichts. Der Kramerfeichtmartl, der neben ihm gesessen ist, hat unter den Alfred seine Schulbank in den Ranzen hineingelangt und einen Lebkuchen herausgezogen. »Na, Alfred, was tut zum Beispiel der Hahn?« fragt der Lehrer wiederum und geht auf das Katheder zu. Schnell stößt der Martl den Alfred, der schaut hinab unter die Bank und sieht den Lebkuchen in der Hand vom

Martl. »Ghärt er mei, wenn i dir ei'sog?« wispert der Martl, und der Alfred nickt.

Wie sich der Lehrer umdreht, sagt das Herrschaftenbürscherl: »Der Hahn ist ein Gockel.«

»Und was tut der Gockel?« will der Lehrer wissen.

Schon wieder stockt der Alfred und blinzelt zu mir herab, direkt bitthaft.

»A Zehnerl«, habe ich geflüstert, und gleich darauf hat der Barons-Sohn gesagt: »Der Gockel springt auf die Henne und zwickt sie hinein.« Da hat sogar der strenge Herr Lehrer lachen müssen und wir natürlich erst recht. –

Wie aber der Alfred jeden Tag so hungrig heimgekommen ist und einmal geflennt hat, weil wir ihm immer alles abgepreßt haben, da ist es anders geworden. Baron und Baronin Ellerspach sind persönlich zum Lehrer hinauf, und von uns hat jeder sechs Tatzen bekommen.

»Ich werd' euch euren Schwindl austreiben, ihr Lausbuben!« hat der Lehrer geschimpft, und von da ab mußte der Alfred jedesmal vor dem Schulanfang sein Zehnerl und seine Lebkuchen auf das Katheder legen. Gewußt hat er aber von dem Tag an auch nichts mehr.

Das war der erste Vorfall, wo ich zum Kramerfeichtmartl gesagt habe: »Do host ös jetz mit dei'n Herrschaftnbürscherl ... Der verrot't ois's! ... Wenn der no amoi wo mittuat, nacha mog i nimma, der Hammi, der ratschert ...!«

Gerade um dieselbige Zeit hat der Gärtner vom Baron Ellerspach im hinteren Schloßgarten sehr schöne Ananaserdbeeren gepflanzt gehabt. Schon lange haben uns diese angeweigt, und der Martl, der sie am ersten entdeckt hat, hat gemeint: »Dö müassn üns g'härn.«

»Ja scho, aba an Baron sei Sauspitzl? ... Der bringt üns glei auf ... Der is ja a so oiwai an Gartn hintn«, habe ich gesagt, und selbstredend hat das auch den Martl stutzig gemacht.

Am andern Tag ist mir auffällig gewesen, daß der Martl schon wieder mit dem spinnerten Alfred zusammengesteckt ist. Nach der Schule sind sie beim Kramerfeicht im Obstgarten gestanden, die zwei, und grad notwendig haben sie es gehabt. Ich habe eine rechte Wut auf meinen Spezi bekommen und nicht hingehen mögen. Der Tag darauf ist ein schulfreier Mittwoch gewesen, und da ist der Martl nach dem Mittagessen in unsere Tenne hineingeschloffen und hat mir ganz heimlich gewinkt. Ich bin ihm nach, und wir sind auf unseren »Juhee«

(Getreideboden unterm Giebel) hinaufgestiegen, und da droben hat der Martl auf einmal aus seinem rechten Hosenbein den Lauf und aus seinem linken Hosenbein den Schaft von einem Flobertstutzen gezogen. Gleich geschwitzt hat er und geschnauft wie ein Haufen Tiroler. »Der g'härt an Baron-Alfred ... Kügerln hot er mir aa dazuagebn«, hat er hastig zu erzählen angefangen und den Stutzen fachgerecht zusammengesetzt. »Do paß auf«, sagt er, »wia schnell ois der Spitzl weg is ... Und kracha härst ös aa kaam.«

»Scho wieda mit dein'n Alfred!« habe ich ärgerlich gebenzt. »Do kemm' ma ganz gwiß wieda auf.« Aber der Martl war ganz anderer Ansicht.

»Ah! Aufkemma! ... Wenn dös Sauviech hi is, nacha werf' ma einfach an Stutzn weit weg, daß's ausschaugt, ois wia wenn der Alfred oda da Gärtna gschossn hättn ... Do konn üns nacha koa Mensch was macha«, zerstreute er meine Bedenken, und, sagte er, eingeschossen habe er sich auch schon.

»An Laafa triff i dös Hundsviech! Koan' Mucksa derf er toa, der Sauspitzl«, protzte er sich, und ganz munter hat er dazugesetzt: »Nacha wartn ma a weni, ob koana kimmt und nacha nix ois wia nei a d'Erdbeer! ... Oi müassn's ünser ghärn.« –

Es hat sich auch alles ganz gut angelassen. Vom Schloßgarten sind wir in den Ellerspacherforst gekommen und da auf einen Feichtbaum gestiegen. Von da aus haben wir den Gärtner sehr schön beobachten können. Der Spitz hat weit weg ein paarmal gebellt, ist aber alsdann wieder ganz ruhig gewesen. Wir haben gewartet, bis der Gärtner zur Brotzeit gegangen ist, sind vom Baum heruntergestiegen und gewiß fünfhundert Meter weit indianerhaft weitergekrochen, bis hinter die glasüberdachten Gewächshäuser. Gleich davor waren die Erdbeerbeete. Der Spitzl hat einen Heidenlärm gemacht, ist aber immer auf dem gleichen Fleck hocken geblieben, hat den Kopf in die Luft gestreckt und immer wieder so damisch gebellt.

»Schö bleibt er ... Dös haut! Sei stad!« keucht da der Martl und ist um die Ecke vom Gewächshaus gekrochen. Ich habe herzklopfend gewartet und gerade weiter wollen, da hat es gekracht. Zum Hören ist das wirklich nicht sehr gewesen, aber der Martl hat eben doch nicht gut getroffen gehabt. Der Hunds-Spitzl war nämlich aufgehüpft, und der Schuß ist ihm direkt durch die Hinterbeine gegangen. Bis der Martl wieder geladen gehabt hat, ist der Hund bereits auf und davon gewesen. Weit weg sahen wir ihn auf den Vorderpfoten dahintrippeln und grad gewimmert hat er. Das war sehr drollig, aber der Sauhund hat uns mit seinem Gewinsel aufgebracht, und wie der Martl den Stutzen wegwerfen wollte, ist der Schuß losgegangen. Gott sei Dank sauste die Kugel bloß in die Glasscheibe vom Gewächshaus, aber jetzt ist schon der Schloßgärtner dahergesaust und uns nach. Erwischt hat er uns nicht, aber selbstredend erkannt. –

Das hat ein fürchterliches Durcheinander gegeben. Die Baronin ist zu uns in den Laden gekommen und hat zu meiner Mutter gesagt, solche rohen Bengel gehören exemplarisch gestraft, und gemeint hat sie, unser Ende wird im Zuchthaus sein. Den Gendarm, sagt sie, holt sie auf der Stelle. Der Baron ist zum Lehrer hinauf und hat uns verklagt. Der Schloßgärtner hat verlauten lassen, die Ohrwaschl reißt er jedem von uns einzeln heraus, und wiederum die Baronin hat zu der Kramerfeichtin gesagt: »Sowas Verrohtes ... Ein armes, wehrloses Tier! Da hätte man lieber auf uns selber geschossen!« Ganz hoch hat ihre Stimme geflötet dabei. Auf das hin aber hat die Kramerfeichtin gemeint: »Tja, dös waar ja na' doch dengerscht irga (ärger) ausganga! Do bin i scho froh, daß dö Lakln bloß aufn Hund gschossn hobn.«

Hingegen meine Mutter und die Kramerfeichtin und unsere Väter haben sich doch halbwegs auf unsere Seite geschlagen, wie es brenzlich zu werden drohte, und ich weiß es noch gut, wie mein Vater direkt gebellt hat: »Dös gibts ja doch gor it, daß ünsa Oskar gschossn hot! ... Bei uns und bein Kramerfeicht is koa Gwehr an Haus ... Do muaß i nacha doch dengerscht Verwahrung ei'legn! Räuba und Bazin san's ja nacha do scho it, dö zwoa Buabn!« Und das hat sich, wie der Gendarm gekommen ist, auch herausgestellt, daß beim Kramerfeicht und bei uns kein Gewehr im Haus gewesen ist.

»Man sagt ja gar nicht, daß Schußwaffen bei den Tätern sind, aber geschossen haben Ihre Buben ... Das Gewehr war von unserm Alfred!« wollte die Baronin den Gendarm aufklären, und das hat wiederum eine Verwicklung gegeben. »Wenns keine Schußwaffe nicht da ist, ist es auch ausgeschlossen, daß die Kinder geschossen haben! ... Das ist das wichtigste Alibi! Pflicht ist ganz einfach Pflicht! ... Ich muß beim Graf und beim Andrä Haussuchung machen«, hat der Gendarm mit seiner fetten Stimme gebieterisch geschrien, und auf das wiederholte Einreden der Baronin ist er auf einmal ganz windig geworden und hat noch mordialischer gebrüllt: »Als eigentlicher Urheber kommt alsdann Ihner Lausbub in Betracht! ... Da kann ich kein Pardon geben!

Wenn er den Tätern das Gewehr nicht gegeben hätte, wäre nicht geschossen worden!«

»Mein Alfred ein Lausbub?! Das ist eine Beleidigung! ... Da geh ich zu Gericht, das verbitt' ich mir!« hat die Baronin bei uns herinnen hitzig gekeift, und das Streiten ist erst recht angegangen. Der Gendarm hat geschimpft wie ein Rohrspatz, mein Vater hat geflucht, meine Mutter hat gejammert, und ich habe mich in einem fort recht scheinheilig hingestellt und habe weinend geplärrt: »I hob gor it gschossn! ... Is gor it wohr! U-u-und da Martl aa it! ... Dös is da Dank, weil mir an Alfred oiwai ei'sagn a der Schoi (Schule) ... Ü-üuhff! Is gor it wohr, mir san gor it an Barongartn drent gwen! ... Wenn i und da Martl it waarn, nacha hätt der Alfred jeds Johr sitzn bleibn müassn! ... Is gor it wohr! Mir hobn gor it gschossn! ... Dös is lauters Lug!« Kurz und gut, es wurde immer verzwickter, und zuletzt hat mich mein Vater über den Haufen gehaut, weil er das Plärren nicht leiden hat können, und am andern Tag hat der Lehrer mich und den Martl übergelegt, und während der ganzen Schule haben wir neben dem Katheder knien müssen.

Da läßt sich also leicht denken, daß wir auf den Alfred eine Sauwut gehabt haben. Nach der Schule haben wir nämlich noch droben bleiben müssen auch, und jeder hat für sich heimgehen müssen, vorher hat der Lehrer keinen ausgelassen. »Zuchthauspflanzen«, hat uns derselbe genannt, und erzählt hat er, daß es mit dem Schießen immer so anfängt, zuerst wird ein wehrloses Tier getötet, und alsdann gehen solche Verbrecher auf die Menschen. Drei Tage habe ich den Martl nicht mehr allein erwischt, aber jeder von uns hat sich schon mit den Blicken verstanden. Der Martl hat den Alfred einmal mit einer Nadel in den Arsch gestochen, und ich habe daheim von meinem großen Bruder das Juckpulver erwischt, das wo derselbe immer auf die Fastnachtsbälle mitgenommen hat. Das habe ich dem Alfred in das Genick gestreut. Der Martl ist aufgekommen und abermals übergelegt worden, ich aber nicht, und weil sich der Baron-Alfred immer gekratzt hat, bin ich aufgestanden und habe gesagt: »Herr Lehrer, der Alfred hat Läus und Fleeh' ... Mir graust es.« Auf das hin hat der Lehrer auch nicht mehr aus können, weil er das Kratzen gesehen hat. Der Hundsalfred hat recht geweint, ist aber trotzdem in eine andere Bank, ganz allein, gesetzt worden. –

Es ist fast eine ganze Woche hergegangen, bis ich den Martl einmal insgeheim erwischt habe. Das ist beim Kramerfeicht in der Tenne droben gewesen. »Do host ös jetz! ... I hob dirs ja oiwai gsogt, daß der Alfred a Hundling is, der wo ois's verrot't!« habe ich meinem Spezi vorgeworfen, und der ist ganz meiner Meinung gewesen.

»Aba dös muaß er richti büaßn!« habe ich wiederum gemeint.

»Und der sell Sauspitzl is aa net hi ... D'Tierarztrechnung hat Baronin gsogt, muaß dei und mei Vata zoin ... Wenn ma'n nu glei o'dackln kunntn, den schuftign Alfred! Aba dös geht jetz aa it glei ... Do müaß' ma scho no a bissl wartn«, hat der Martl gesagt und hat hin und her überlegt.

In der Schule haben wir es doch so weit gebracht, daß jeder den Alfred verspottete: »Jetz kimmt da Baronbua! Hot Läus und Fleeh grod gnua!« Und wenn es auch immer wieder Tatzen gegeben hat, der Spruch hat sich nicht ausrotten lassen. –

»Sei nu stad, den derwischt ma scho amoi ... Wart nu ... Dös müaßt ma ganz schlauch o'packa«, hat mir der Martl einmal geraten, weil ich mich schon wieder geärgert habe, daß er mit dem Alfred freundlich war. Ich habe mich zwar nur halbwegs beschwichtigen lassen, aber an der Treue von meinem Spezi habe ich noch nie nicht gezweifelt. Der Martl ist mit dem Baronssohn immer spezieller geworden und hat sogar dem Schlemmerwastl von Farchach einmal eine Watschen hineingehaut, weil derselbe wiederum gespöttelt hat: »Baronbua hot Läus und Fleeh grod gnua!« Das hat mich ganz baff gemacht, aber der Alfred ist auf das hin ganz zutraulich zu uns geworden, und so sind fast zwei Monate verlaufen. Ich weiß nicht, ob es überall so ist, aber in unserer Schule ist der Ellerspacherbub immer dümmer und dappiger geworden. Damaligerzeit, in der sechsten Klasse, hat ihn der Lehrer einmal gefragt nach der Hauptstadt von Deutschland, und der Alfred hat, wahrscheinlich weil ihm das wer einsagte, geantwortet: »Die Vogesen.«

Wir sind selbiges Mal schon wieder ganz gut mit ihm gewesen, und an einem solchen Tag hat der Alfred gesagt, morgen ist sein Geburtstag.

»Alfred«, hat auf das hin der Martl ganz feierlich gesagt, »mir san dir eigntli no oiwai net guat, aba weil morgn dei Geburtstog is ... Do gehng ma in'n ünsern Kornacka eini und teahna schwörn, daß ma oiwai z'sammhelfa ... Mogst?«

Der Alfred ist direkt rot geworden über diese Ehre; genickt und gesagt hat er, er bleibt uns treu.

»In Treie fest!« habe ich sehr schön gesagt, weil ich das von meinem Vater seinen Veteranen- und Kriegerkalender gewußt habe.

»Aiso morgn, noch der Schoi (Schule), gehst mit üns«, hat der Martl den Alfred aufgefordert, und wir sind auseinandergegangen. Wie wir ganz weit weg gewesen sind und den Baronssohn nicht mehr gesehen haben, hat der Martl mit der Zunge geschnalzt, und gesagt hat er: »Haut scho! ... Do paß auf, der werd schaugn.«

Am andern Tag haben wir drei im Kramerfeicht seinen Kornacker einen runden Platz ausgetreten, und der Alfred hat sich flach hinlegen müssen. Der Martl hat sein Sacktuch genommen und es ihm um die Augen gebunden. Eine Zeitlang haben wir ganz genau geprüft, ob der Alfred noch was sehen kann, und alsdann hat der Martl wiederum gesagt: »Jetz lieg di no wieda hi, Alfred! ... So, und jetz machst's Mäu (Maul) weit auf ... Rüahrn derfst di fei net, und wennst üns it foigst, nacha san ma ünser Lebtog deine Todfeind! ... Jetz kimmt's Schwörn ... Paß genau auf und reiß 's Mäu weita auf! So, so is's recht! ... Und fetz hoit d' di stad, ganz stad!«

Ich bin herenterhalb und der Martl is drenterhalb vom Alfred seinem Kopf gestanden, alle zwei haben wir das Hosentürl aufgemacht und zu bieseln (das Wasser lassen) angefangen, direkt in das offene Maul vom Baronsbuben. Der ist aber bloß die ersten zwei Spritzer lang liegen geblieben, zu gurgeln und zu schreien hat er angefangen, und auf und davon ist er wie ein Narrischer.

Damals haben wir die ärgsten Prügel bekommen. Der Vater hat uns gehaut, der Lehrer und der Pfarrer, und beinahe hätte uns der letztere nicht zur Firmung zugelassen, weil er gesagt hat, eine solche sauische Todsünde wischt sich nicht so schnell ab. Ich mag gar nicht mehr erzählen, wie man uns von da ab aufgesessen ist, und heute noch, wenn uns einer zum Raufen bringen will, schreit er einfach: »Mäubiesler!«

Diese Schande hat uns nicht verlassen. –

Die Gratulation

O du allmächtiger Herrgott, jetzt geht es schon wieder auf Weihnachten zu! Grad weglaufen tut dir die Zeit, und du merkst es kaum. Arg, sowas, arg! Voriges Jahr hat sicher jeder von uns wunder was erhofft und erwartet. Und jetzt? Was ists schon ...?

Kalt ist es draußen, schneien tut es wie immer, und du hockst am warmen Ofen wie immer. Bloß eben – es ist wieder ein Jahr zerlaufen wie nichts.

Ich weiß nicht, warum ich bei solchen Gelegenheiten jedesmal an eine Geburtstagsgratulation denken muß, die sich in meiner Jugendzeit alljährlich wiederholte; aber ich glaube fast, sie hat eine gewisse Ähnlichkeit mit alledem.

Das war nämlich anno 1904. Ich bin damals acht Jahre alt gewesen und meine kleine Schwester Anna war sechs. Als Taufpaten haben wir die Leoniger Hotelbesitzerseheleute Oskar und Anna Strauch gehabt. Die waren ziemlich vermöglich und weitum als vornehm bekannt, was die Strauchin – sie war eine zierliche, hübsche Person – noch besonders durch ihr ständiges Elegantsein unterstrich. Für uns waren sie überhaupt die allerfeinsten Herrschaften, weil wir von ihnen meistens, wenn wir das Brot hinausbrachten, ein Paar Regensburger oder zwanzig Pfennig geschenkt bekommen haben, weil sie hochdeutsch redeten und vor allem, weil sie unserer Meinung nach jeden Tag Sonntagsgewänder trugen. Alle Jahre am 20. Dezember war der Strauchin ihr Geburtstag, und dieser wurde von ihr stets festlich begangen. Sie war für Erkenntlichkeiten sehr empfänglich, und wegen der Verwandtschaft und weil das Hotel Leoni eine unserer besten Kundschaften war, mußten meine kleine Schwester Anna und ich ihr stets feierlich gratulieren. Meine Mutter hat zu diesem Zwecke jedes Jahr einen schönen Gockel geschlachtet, gerupft und ausgenommen, und mein Bruder Max mußte eine wunderschöne Torte machen. Alles wurde schön auf je einen Teller gelegt, mit blauen und Silberbändern verziert, in den Korb gepackt, alsdann mußten wir zwei Gratulanten unsere besten Gewänder anziehen und wurden dann endlich nach einigen Belehrungen beim Einbruch der Dunkelheit fortgeschickt. Kalt war es meistens, und an demselben Tag fiel dünner Schnee. Wir trugen den Korb sehr vorsichtig, und wenn uns zu arg fror, stellten wir ihn nieder, hoben sacht die darübergelegte Wachstuchdecke, um nachzusehen, ob auch nichts verrutscht sei, und wärmten die Hände ein wenig. Alle Jahre war das das gleiche, trotzdem aber klopfte uns jedesmal das Herz, voller Spannung waren wir, und während des Dahingehens sagten wir in einem fort den Geburtagsvers vor uns hin, damit wir auch ja keinen Fehler machen konnten. Dieses Verslein war auch immer dasselbe und hieß kurz und bündig: »Soviel Stern am Himmel stehen, soviel Jahre sollst du noch leben.« Auf das hin kam dann die Gratulation: »Wir wünschen Ihnen Glück und Segen zum Geburtstag.« Fertig.

Ganz gleich aber, je näher wir Leoni kamen, um so aufgeregter wurden wir. »An Gockl muaßt d u ihra gebn«, sagte meine Schwester zu mir unterhalb des Leoniger Berges.

»Na ... Is it wohr!« meinte ich. »I bin da Greßa (Größere) und d'Muatta hot extra gsogt, d'Tortn muaß i ihre gebn ... Ganz gwiß!« Das ärgerte Anna.

»Is gor it wohr! D'Tortn muaß i ihra gebn ... Lüag it a so!« fing sie zu benzen an und setzte hinzu: »D'Strauchin is mei Taafpatin und it dö dei ... I gib ihra d'Tortn ...!« Das wurmte mich wieder.

»Ja, Herrgott, d'Muatta hot doch gsogt, daß's i ihra gebn muaß und du an Gockl!« schimpfte ich. »Du konnst ja übahaaps dö Tortn gor it dahebn!«

»Luagnschippi!« hieß mich Anna und fuhr bereits weinerlich fort: »I woaß 's scho, worumst du d'Tortn hi'hebn mächtst (hinheben möchtest) ...! Daß d' ma wieda ois's obettln konnst, wo i kriag! ... Aba wart 'no! I sog's scho dahoam! ... Dös geht di übahaaps nix o, wos i mit meina Taafpatin mach'! ... Du derfst ja bloß mitgeh', weil i it ois alloa datrogn ko ...!«

Wir stritten und stritten bis zum Hotel Leoni. Dort, vor der Tür, aber wurden wir auf einmal wieder dasig, und die Aufregung fing wieder an. Unsere Herzen trommelten schon schier, wir schluckten und wiederholten schnell noch einmal das Verslein halbwegs. In solchen Augenblicken, wo Angst und Bangen auf die Gurgel drücken, wird man plötzlich versöhnlich, und deswegen habe ich schnell noch zu meiner kleinen Schwester gesagt: »Noja, nacha gibst ihra hoit du d'Tortn! ... I nimm nacha an Gockl ... It daß hoaßt, i hob wieda ois's verpfuscht!« Und auf das hin gingen wir schlotternd vor Erwartung durch den spiegelglatt gepflasterten Hausgang bis zur Türe des prunkvollen Empfangszimmers, wo uns die Strauchin bei solchen Feierlichkeiten immer erwartete.

»Also, d'Tortn heb i hi! ... Ganz gwiß fei!« vergewisserte sich meine Schwester noch einmal flüsternd, und »Jaja« nickte ich ebenso. Währenddem aber muß eins von uns in der Aufregung geklopft haben, denn da machte die Strauchin auch schon die Türe auf und kam uns freundlich lachend entgegen. Sie hatte ein weit ausgeschnittenes starzendes Taftseidenkleid an, um ihren Hals funkelte eine Brillantenkette, und sie roch so gut wie ein ganzer Rosengarten. Das Zimmer stand voller prächtiger Zierpflanzen, und der große, gläserne Lüster strahlte direkt märchenhaft.

»Ah, das ist aber nett, daß du kommst, Annerl!« rief die Strauchin geschmeichelt und steckte uns ihre beringten Hände hin: »Grüß euch Gott, Kinder! Grüß dich Gott, Annerl! Grüß Gott, Oskarl!« Das war recht dumm, denn wir konnten ihr doch die unsrigen Hände nicht geben, weil wir den Korb trugen. Wir tappten also einige Schritte weiter in das Zimmer, die Strauchin machte die Türe zu und kam wieder auf uns zu. Uns war's schon zuwider. Der erste Fehler war schon gemacht, mir fiel das Herz in die Hosen, und dem Annerl wird es genau so ergangen sein, denn sie war einmal brandrot, alsdann wieder käseweiß. Ganz verwirrt stellten wir eilsam unseren Korb hin und streckten unsererseits der Patin die Hände hin. Die mußte ein wenig mehr lachen und drückte sie uns. Jetzt aber wurden wir erst recht benommen und hätten wahrscheinlich ewig so dagestanden, wenn die Strauchin, uns loslassend, nicht endlich gesagt hätte: »Na, Annerl, was bringst du mir denn Schönes mit, hm?« Das erinnerte uns alsogleich an unsere Pflicht, und wie mit falsch eingehängten Füßen tappten wir auf den Korb zu, nahmen hastig das Wachstuch herunter und griffen gleicherzeit nach dem Inhalt. Dabei aber, weil wir es so hastig und überzwerch machten, rannten wir mit den Köpfen heftig aneinander, daß es einen dumpfen Kracher tat, und mit den Händen ging es uns auch nicht besser. Vor lauter Deppigkeit griffen wir alle zwei daneben und kannten uns überhaupt nicht mehr aus. Ich habe dabei unglücklicherweise einen dicken Fahrer über die verzierte Schokoladentorte gemacht, und meine Schwester ist mit dem Finger drinnen stecken geblieben. Das war so fürchterlich, daß wir im Moment einfach wie bockstarr in die Tiefe des Korbes glotzten. Schier das Hirn drehte uns dieser Schreck um.

»Na, also Kinder, was habt ihr denn Schönes?« hörten wir die Strauchin, und das machte uns sozusagen wieder lebendig. Ich fand endlich meinen Gockel, und Annerl hob zitternd ihre verhunzte Torte aus dem Korb. »Ah, ah! Schön, schön«, sagte die Strauchin lustig, mit aller Festigkeit stellten wir uns stramm und fingen zu gleicher Zeit stockend und stotternd zu plappern an:

»Sov–vii–iel Stern' am Hi–immel stehen,

so–oviel Jahre sollst du noch le–eben,

wir wü–wünschen dr – – wir wünschen I–ihnen zum Geburtstag Glück und Segen ...«

Ganz gleich brachten wir es heraus und schnappten nach Luft. Gerade wollten wir der ruhig dastehenden Patin unsere Geschenke hintragen, da aber ging auf einmal hinten die Türe auf und – Kreuz und drei Teufel – wir erschraken derart, daß dem Annerl plötzlich die schöne Torte aus der Hand fiel. Patsch! – lag sie auf dem glattgewischten Parkettboden, der Teller war zersprungen, und da pappte nun die ganze Schönheit wie ein auseinandergespritzter Fladen Kuhdreck. Einen jähen Augenblick starrte die Strauchin, der Strauch und wir. Meine Schwester schwankte wie hinfällig und verlor alle Kraft über sich, ich fuhr mit meiner linken Hand über meinen Teller und drückte meinen Gockel fester drauf, die Strauchin konnte nur noch: »Tj–ja, um Gotteswillen!« sagen, da aber war es ganz und gar mit dem Annerl geschehen. Sie fing auf einmal schrill zu weinen an und näßte vor lauter Verdatterung in den Rock, daß es ihr an den Füßen herunter- und auf dem Zimmerboden herumrann. Jetzt plärrte sie schon wie am Messer. Die Strauchin nahm mir schnell meinen Gockel ab, ging zu meiner Schwester hin und tröstete sie allereinnehmendst, der Strauch hatte sich auch wieder gefaßt und mußte lachen, streichelte gemütlich meinen runden Kopf, und wie jetzt die Patin zu meiner armen Schwester gesagt hat: »No-no, Annerl, das ist nicht so arg! Sei nur ruhig, Annerl ... Du kriegst auch was Schönes! Sei nur ruhig!« da ist mir auf einmal wieder der Mut gekommen, und ich hab ganz unvermittelt laut zu schreien angefangen: »Soviel Stern am Himmel stehen, soviel Jahre – –« Als ich bei diesem Wort war, fing auch das Annerl an, mitzuschreien: »Jahre sollst du noch leben. Wir wünschen Ihnen zum Geburtstag Glück und Segen!« Und dieses, muß ich sagen, war unsere beste Rettung. Patin und Pate mußten lachen und wie gewöhnlich haben wir je drei Mark bekommen und Annerl hat noch extra zwei Schachteln voll Schokoladenplätzchen geschenkt gekriegt. Wie das Dienstmädchen zum Aufputzen gekommen ist, war meine kleine Schwester schon wieder ruhig. Ob sie sich nicht abwischen lassen möchte, hat die Strauchin gemeint, aber wir sind gleich auf die Tür zugegangen und auf und davon.

Auf dem Weg heimzu hat das Annerl noch einmal kurz zu weinen angefangen, aber schließlich habe ich ihr in derart prächtigen Farben ausgemalt, was wir für die drei Mark bei der nächsten Dult alles kaufen können, daß sie endlich wieder ganz lustig geworden ist. Und da habe ich ihr alsdann recht hintervotzig eine Schachtel Schokoladenplätzchen abgebettelt. Freilich, kurz bevor wir daheim angekommen sind, fing sie wieder zu benzen an, sie möchte sie wieder haben, ich sei überhaupt ein ganz falscher Kerl, aber da bin ich auch ärgerlich geworden und habe zu ihr gesagt, sie solle nur ganz »stad« sein, sonst sag' ich es überall, daß sie bei ihrer Patin in den Rock genäßt hat ...

Und das hat gewirkt.

Der Überfall am Red River

D amit mich ein jeder versteht, muß ich erzählen, daß meine Jugendzeit eigentlich drei Abschnitte gehabt hat. Von meinem fünften bis zu meinem zehnten Lebensjahr haben meine zwei älteren Brüder Maurus und Lenz das Regiment über mich geführt. Das war also der erste Abschnitt. Alsdann ist mein Vater gestorben, unser ältester Bruder Max vom Militär heimgekommen, und der hat den Maurus zu einem Hofkonditor nach Karlsruhe getan. Jetzt ist der Lenz mein Regent und Anführer geworden. Er hat es mit den Flobertstutzen gehabt und mit dem Wildern. Unter seiner Leitung haben sich alle Dorfbuben zusammengetan, es ist eine große Räuberbande gewesen, jeder hat sich insgeheim einen Stutzen angeschafft, und alle Sonntage sind wir zum Pürschen gegangen. Das war der zweite Abschnitt. Eines Tages aber ist alles aufgekommen, der Max hat den Lenz furchtbar geschlagen und der ist davon, nach München, und hat einen Bäckergesellen gemacht. Aus war es mit der schönen Räuberbande; aber von da ab haben der Kramerfeichtmartl, meine jüngere Schwester Nanndl und ich das Indianerspielen angefangen. Zuerst ohne Flobertstutzen, dann mit solchen, und dieser letzte Abschnitt hat erst aufgehört, wie ich von daheim davon bin, auch nach München und in die Welt hinaus. –

Um dieselbige Zeit bin ich in die letzte Klasse von der Werktagsschule gegangen, der Martl und die Nanndl in die vorletzte. Jedes Jahr, wenn wir nach der Prüfung versetzt worden sind, hat der Lehrer eine feierliche Rede an uns gehalten. Die war sehr schön und hat uns immer arg gefallen, wenn sie auch jedesmal die gleiche gewesen ist. Gesagt hat er in derselbigen Rede, daß die Kindheit das Schönste vom ganzen Menschenleben ist, das aber werden wir erst einmal ganz kennen, wenn wir älter sind. Nicht umsonst, hat er immer gemeint, hat Jesus schon gesagt: »Lasset die Kleinen zu mir kommen, denn ihrer ist das Himmelreich.« Das sollen wir so verstehen, daß in uns Kindern alles rein und gut, brav und edel wäre, wir sollten uns dessen immer eingedenk sein, sollten uns schön miteinander vertragen und uns gegenseitig ein gutes Beispiel sein.

Aber unser Lehrer hat leicht reden gehabt, geglaubt haben wir das nicht, weil es ja saudumm gewesen wäre. Die Unterberger zum Beispiel, mit welchen wir von jeher Krieg geführt haben, sind keinen Pfifferling gut und edel und verträglich gewesen, im Gegenteil, saugrob waren sie, wenn sie einen von uns erwischt haben. Sie waren für uns die Weißen, wir hingegen die Indianer, die »Delawaren«, ich der Häuptling »Sitting Bull«, der Kramerfeichtmartl der »Wilde Bär«, und die Nanndl hat »Falkenauge« geheißen. Hinter Oberberg draußen ist das Etztalholz angegangen und hat sich bis nach Unterberg hinuntergezogen, da waren unsere Jagdgründe. Einmal haben der Müllersteffl, der Schäfertoni und der Ambrosbeni uns mit dicken Buchenprügeln aufgelauert und uns so gehaut, daß uns das Blut bloß so heruntergelaufen ist. Auf das hin haben wir ihnen Blutrache geschworen, und weil wir nicht so stark waren wie unsere Feinde, darum hat uns die Blutrache viel Kopfzerbrechen gemacht. Wir sind im Goldner seinen Kornacker zusammengekommen und haben Kriegsrat gehalten. Der Wilde Bär hat gemeint, einzeln müssen wir die Weißen fangen und alsdann schon so martern, daß ihnen das grobe Überfallen vergeht.

»Jaja, List, rotes Bruderherz!« habe ich feierlich gesagt. »Alte Delawarenlist, wie es Manitou, unser Kriegsgott, lehrt!« Wir haben nämlich bei solchen Gelegenheiten immer hochdeutsch geredet, daß es indianischer ausgesehen hat.

»Den Beni fangen wir zuerst, rote Krieger! Dieser verräterische Mischling muß an den Marterpfahl!« meint auf das hin der Wilde Bär, und Falkenauge ist auf einmal aufgestanden, hat die Petroleumflasche genommen, sie aufgemacht und ein ganzes Maul voll genommen.

»Nicht da, mitten in der Prärie, Falkenauge! ... Verlassen wir erst die Savannen«, habe ich feierlich befohlen. Falkenauge hat das Feuerwasser wieder ausgespien, und wir sind aus dem Kornacker geschlichen.

»Halt, rote Brüder!« habe ich plötzlich gesagt, und mit größter Freude ist mir eingefallen, wie wir die verdammten Weißen überhaupt ganz und gar unschädlich machen können. Unsere Kampfmittel waren Pfeile mit Nadeln vorne drinnen und Feuerspeien. Das letztere ist so gegangen: Man hat ein Maul voll Petroleum genommen, es aber nicht verschluckt, alsdann hat man ein Zündholz angezündet, es, so lang wie der Arm war, vor das Gesicht gehalten und das Petroleum darübergespien, eine große Stichflamme ists dann gewesen, und wenn der Feind in der Nähe gewesen wäre, hätte ihm schon allerhand passieren können. Aber diese Kampfart war arg umständlich, schnell ist es nicht gegangen damit, meistens ist das Zündholz ausgelöscht, und in der Hitze des Gefechts hat man meistens das ölige Feuerwasser verschluckt. Da ist einem dann oft zum Brechen schlecht geworden.

»Halt, rote Brüder! Neuen Kriegsrat!« sage ich also abermals, und wir sind wiederum zusammengehockt.

»Sitting Bull, sprich!« hat mich Falkenauge aufgefordert, und auch der Martl hat mich neugierig angeschaut.

»Geblendet wird der schuftige Beni! Da kann er nimmer davonlaufen und nachher speien wir ihn mit unseren Feuerzungen an, daß er ganz verbrennt«, habe ich angefangen und wollte meinen Plan erklären.

»Blendn? ... D'Augn zuabindn eppa oda glei gor ausstecha?« ist der Wilde Bär in seiner Indianersprache darausgekommen: »Ja, dös kinn' ma it machn! ... Do kemm' ma ja pfeilgrod a's Zuchthaus ... Dös geht it.«

»Schweig!« habe ich ihn aber sofort donnernd angeschrien: »Ruhe! Hört mich an, rote Krieger! Sitting Bull spricht!« Und auf das hin habe ich ihnen meinen Plan erklärt. Nämlich jetzt ist mir alles wieder genau eingefallen, wie man einen Menschen blind machen kann, ohne daß es was schadet.

»Die Augen werden ihm umgedreht, dem schuftigen Mischling!« habe ich erklärt und erzählt, daß der große Medizinmann von Arizona, der Doktor von Starnberg, dasselbige auch schon einmal bei mir gemacht hat vor ungefähr vier Jahren. Damals hatte ich mir das Haar von einer Kornähre in die Augen gebracht, und da war der Doktor herüben, mit einem Bleistift rollte er meinen oberen Augendeckel hinauf, das Auge kugelte wie von selber mit der runden Hinterseite nach vorn, der Doktor fuhr mit dem gespitzten Taschentuch drüber und weg war das Kornhaar. Auf die gleiche Weise ist auch das Aug'-Umdrehen wieder gegangen.

»Jaja ... I woaß's scho no ... Und nacha bischt du amoi an Moar sein' Gartn hintri und host d' dir oi zwoa Augn umdraht ... Jaja, i woaß scho ... Aba rumbrocht host ös nimma, und nacha hot da Dokta no'moi kemma müassn ... Ah, dös haut! Ja, dös mach' ma mit den damischn Beni! Z'erscht fang' ma'n und nacha drahn mir eahm d'Augn um!« hat sich die Nanndl vor lauter Freude nicht mehr halten können, wenn ich auch gebieterisch gechrien habe: »Schweig, schwatzhafte Memme, sagt Sitting Bull!« Ganz wütend bin ich geworden, aber der Racheplan war beschlossen. Wir sind aufgesprungen, haben uns aneinandergehängt und den Kriegstanz getanzt.

Lange ist es uns nicht gelungen, den Beni zu fangen. Einmal wie er und der Schäfertoni drunten im abgemähten Kleeacker aufgetaucht sind, haben wir schon von weitem mit unseren Feuerzungen gespieen und das hat die zwei so erschreckt, daß sie auf und davon sind. Unsere Verfolgung hat uns nichts genützt, weil sie zum Müller ins Haus gelaufen sind. Aus Rache aber haben wir den Strohhaufen angespieen und der hat auf einmal hellauf zu brennen angefangen. Von ganz Unterberg sind die Leute zusammengelaufen und bald hätte die Feuerwehr ausrücken müssen, wenn nicht der Müller selber einen Schlauch mit einer Spritze gehabt hätte. Wir sind gesaust wie narrisch und schnell heim, aber der Müller ist zu meinem Bruder Max heraufgekommen und hat uns verklagt. Max hat uns mit dem Spachtel so gehaut, daß wir ganz dumm und rundum blutig gewesen sind. Darauf haben wir lange nicht mehr in die Jagdgründe ziehen können und immer daheim arbeiten müssen. Gefreut haben wir uns aber insgeheim doch, weil die »Schlacht am Red River« – wie wir die Umgebung vom Müllerhaus immer geheißen haben – für uns ein Sieg gewesen ist. Dem Martl haben wir einmal einen Zettel zugeschmuggelt und darauf habe ich mit roter Tinte geschrieben gehabt: »Immer und immer denkt Sitting Bull an Rache gegen die Weißen! Wilder Bär muß auskundschaften, wo der Verräter Beni immer ist! So sagt Manitou!« Er muß es auch verstanden haben, denn wie wir wieder einmal zusammengekommen sind, hat er uns erzählt, daß der Beni jedesmal um sieben oder halb acht Uhr nachts beim Müller drunten die Milch holen muß. Es ist inzwischen Winter geworden und wir haben schon wieder fort dürfen. Die Schlacht am Red River war vergessen. Wir sind Tag für Tag, wenn wir von der Schule heimgekommen sind, mit dem Schlitten über den großen Berg hinuntergefahren, oft bis nach dem Gebetläuten. Unser Dorf hat um die damalige Zeit gerade eine elektrische Straßenbeleuchtung bekommen, die Lampen hat man an die Telegraphenstangen von Oberberg nach Unterberg angemacht.

Einmal beim Schlittenfahren hat der Martl mich gefragt, ob ich ein Feuerwasser dabei habe und wie ich sage nein, hat er gemeint: »Host nacha wenigstens an Bleistift bei dir?« Ich habe genickt.

»Heunt kinn' ma an Beni derwischn«, hat er mir ganz geheim und leis ins Ohr geflüstert. Ich habe getan als wie wenn gar nichts wäre und weil von Unter- und Oberberg fast alle Kinder auf der Bahn waren, sind wir gar nicht indianisch gewesen, sondern bloß recht scheinheilig und vorsichtig. So um das Dunkelwerden herum, haben die meisten Kinder heim müssen, zuletzt waren nur mehr die Nanndl, der Martl und ich auf der Bahn. Wir haben uns alles genau überlegt, denn, hat der Martl gemeint, einfach überfallen könnten wir den Beni nicht, da täte er bloß recht schreien und Rache könnten wir nicht nehmen. Die Nanndl ist alsdann über den Berg hinunter gefahren und hat sich ungefähr hundert Meter weit vom Ambros seinem Haus parat gehalten. Wir sind hinter ihr im Wintersheimer seiner Hecke gestanden und wie der Beni mit seinem Milchkübel aus dem Haus ist, hat sich die Nanndl glatt auf den Schneeboden hingelegt und so getan, als wie wenn sie furchtbar weint. Der Beni ist auf sie zu und der Martl und ich auch.

»Ja, wos is's denn, Nannei? ... Wos host d'denn?« hat der Beni ganz mitleidig gefragt und wir auch.

»U-u-au-uau-auweh, auweh!« hat die Nanndl ewig gewimmert und geweint und sich am Kopf und am Knie gerieben: »O-u-auweh! Auweh! Auweh-auweh!«

»Host ihra vielleicht du wos to?« haben wir den Beni angefahren: »Ha, Lausbua, dreckiga! Ha!« und gleich habe ich ausgezogen mit dem Arm, und der Beni ist ganz dasig geworden, weil wir zu zweit waren; gejammert hat er, und die Nanndl sagt da auf einmal wehleidig: »Na-na, loßts 'n doch steh ... Da Beni hot mir doch gor nix to ... Gholfa hot er mir, ja!«

»So! ... Ja na' is's wos anders ... Nana, Beni, mir wuin (wollen) da gor nix!« habe ich wieder eingelenkt und recht zutraulich dazugesetzt: »Nimm's üns it übi, Beni, gell .. Aba no, d'Nanndl hot ja glei a so plärrt ...«

»Ja, und gell, do mächt's ös glei grob sei!« ist jetzt der Beni ein wenig aufsässig worden, und weil er sich beschwert hat, sagt der Martl zu ihm, wenn er uns wieder gut ist, zeigen wir ihm was recht Gspaßiges, das wo keiner nicht kennt. Die Nanndl hat auch ihr Wimmern aufgehört, der Beni ist sofort neugierig geworden und hat zu fragen und zu kundschaften angefangen.

»Ja, mir zoagn dir's scho, wos ma kinna, aba du derfst ös koan andern sogn, gell! Ganz gwiß it«, habe ich ihn noch mehr angespornt. Er hat es auf Ehr und Seligkeit versprochen und wir sind einverstanden gewesen.

»Aiso, geh her, mir zoagn dir's ... Do stell di a d' Telegraphnstanga her, da unter's Liacht, daß ma wos sehng ... so und jetz hoit die stad, ganz stad ... Du muaßt ganz ruahi sei, sunst geht's it ... Hob nu koa Angst it, dös is glei vorbei!« habe ich gesagt: »Heb dein'n Kopf stad! ... So, ah! Wart nu, i tua dir nix, Feigling, geh weita!« Ich habe meinen Bleistift genommen und habe seinen oberen Augendeckel ganz kunstgerecht umdenselben gerollt, und richtig – auf einmal schreit der Beni: »O-auh!« aber sein Aug ist schon verkehrt gewesen.

»Hot's weh g'to?« habe ich gefragt.

»Na ... aba i siehch gor nix mehr auf den Aug!« hat der Beni eigentlich ganz ruhig gesagt. »Ja, dös macht nix ... Dös werd scho wieda g'richt't ... Mir mächtn dir bloß ois gnau zoagn wia's geht«, habe ich ihn aufgeklärt und habe ihm gleicherweise auch das andere Auge umgedreht. »Oh! – Auh! Auweh!« hat der Beni wieder erschreckt getan, hat ein bissl gezuckt, aber sonst ist er nicht wehleidig gewesen.

»So ... Siechst jetz nu wos, ha?« fragen der Martl und ich ihn auf das hin und nein sagt er, gar nichts mehr wie bloß alles verschwommen.

»Do!« habe ich alsdann gesagt und habe ihm eine richtige Watsche hingehaut: »Do host es jetz, du Hundling! Weild's üns übafoin hobts, ös Hunds-Unterberger!«

»Das ist die Rache!« schreit der Martl: »Jedn drahn mir d'Augn no um vo enk Krippin!« und haut auch auf ihn hinein. Die Nanndl hat ihm den Schlitten über das Schienbein geschlagen, und dann sind wir davon, weil der Beni das Schreien angefangen hat. Beim Wiesmair, in der verdeckten Kegelbahn, haben wir uns versteckt und gewartet, was alles passiert. Der Beni hat, scheint's, weglaufen wollen, muß aber hingefallen sein, weil wir seinen Milchkübel scheppern hörten. Auf sein Schreien sind die Wintersheimer und die Ambrosin dahergekommen.

»Um Gottswilln!« haben diese Weiber gejammert, und der Beni hat ewig geweint und gesagt, daß wir ihm die Augen ausgedrückt haben. Die Ambrosin hat direkt mordialisch geplärrt, und alsdann haben sie den Beni heimgebracht. Auf das hin sind wir auch heim. Gott sei

Dank, unser Bruder Max ist auf der Probe beim Gesangverein gewesen, und wie nach einiger Zeit die Ambrosin gekommen ist und uns verklagt hat, haben wir steif und fest geleugnet.

»Mir san ja gor it z'Untaberg gwen!« habe ich frech gesagt und recht scheinheilig dazugesetzt: »Da Beni soit it so lüagn ... Mir hobn eahm nix to!«

»Üns hobn d'Untaberger scho mit Prügl schlogn derfa!« hat die Nanndl gemeint, und plötzlich ist die Ambrosin wie eine Furie auf uns zu und hätte uns hauen wollen.

»Hundskrippin! Saubankerten, misrablige! Jawoi seid's ös gwen!« hat sie gekeift, und den Doktor können wir bezahlen, wir Zuchthauspflanzen, sagt sie. Wir sind aber einfach aus der Kuchl gelaufen und hinauf in die warme Kammer. Drunten haben wir unsere Mutter und die Ambrosin noch lange schimpfen und jammern hören. Noch dieselbige Nacht hat der Doktor Penzl von Starnberg kommen müssen und dem Beni die Augen wieder gerichtet. Bleiwasserumschläge haben sie dem Saububen machen müssen, aber uns hat das sehr gefreut. Der Max hat nichts erfahren, weil meine Mutter der Ambrosin was gegeben hat, daß sie nichts sagt.

Beim Heimgehen von der Schule haben wir den Unterbergern wieder gesagt, daß wir es mit jedem von ihnen so machen wie mit dem Beni, wenn sie uns noch einmal überfallen und so feig sind. Da haben sie aber einen Respekt gekriegt vor uns, und wir haben uns richtig geprotzt wegen unserer echten Indianergrausamkeit. Ganz frech sind wir geworden. Auf einmal aber hat der Beni angefangen, er sagt es dem Max, und da sind wir schnell wieder dasig geworden. Aus war es mit unserer ganzen Kühnheit. Wir haben den Beni gebitet und angebettelt, der Martl hat ihm seine zwei übrigen Lederäpfel geschenkt, die Nanndl ihre zwei Semmeln, aber er ist erst recht aufsässig geworden.

»Nana«, sagt er frech, »na-na, i sog's! Wart nu, der Maxl haut enk scho, daß'ds glei soacht's!«

»Ja, Herrgott, mir hobn doch nix mehr ... Und übahaapts, es is dir ja gor nix passiert! Du bischt scho lang wieda gsund!« habe ich gemeint, und die Unterberger haben sich gefreut über unsere Angst und den Beni immer aufgehetzt. Endlich aber haben wir ihm noch dreißig Pfennig gegeben, alsdann war er zufrieden, der weiße Verräterschuft.

Lang noch hat bei uns Rothäuten dieser Überfall als glorreiche Erinnerung nachgelebt als »Überfall am Red River«. –

Das verpfuschte Theaterspielen

Alle Jahre, in der Zeit zwischen Weihnachten und Neujahr, hat es in unserer Pfarrei allerhand Christbaumfeiern gegeben. Die erste ist die vom Gesangverein gewesen, alsdann ist die vom katholischen Burschenverein gekommen, hernach die von den christlichen Jungfrauen und endlich die letzte ist für uns Kinder abgehalten worden. Da hat man immer ein Theaterstück aufgeführt. Selbstredend, der Gesangverein, der Burschenverein, die haben schon weltliche Stücke spielen dürfen, aber die Jungfrauen und wir Kinder, wir haben jedes Jahr was Biblisches und Religiöses aufführen müssen. Das war dem Pfarrer sein Ehrgeiz.

Ich weiß es noch gut, wie wir das dramatische Marienspiel »Verkündigung Mariens« aufgeführt haben. Da ist nämlich was vorgefallen, was mich lange sehr geärgert hat, weil es mir alle Leute und meine Schulkameraden immer vorgeschmissen haben. Ich habe dazumal nämlich den Erzengel Gabriel spielen müssen, der wo der Maria erscheint. Und die Maria, das war die Amschuster Genovev. Also gut, ich renne hinter den wackligen Kulissen hervor, in die Kammer von der Maria, die wo grad gebetet hat und sage zu ihr, weil sie so erschrickt: »Maria, Frau des Joseph, erschrecke nicht! Mich schickt Gott selber! Du wirst ein Kind empfangen und das sollst du Jesus heißen!« Und auffallend schön hat die Amschuster Genovev als Maria drauf geantwortet: »Wie ist das möglich …!?« Gleich einen Riß hat es ihr gegeben. Ich bin aber gar nicht drausgekommen in meiner Rolle, weil ich es ja gewußt habe, daß uns der Pfarrer gesagt hat, so muß es gespielt werden. »Wie ist das meeglich?!« hat also Maria noch einmal gerufen, und gleich habe ich ihr als Erzengel auf das hin geantwortet: »Fürchte dich nicht, Maria, bei Gott ist kein Kind unmeeglich …!«

Auf das hin aber haben die ganzen Leute im Saal zu lachen angefangen, wenn es gleich sehr ernst gewesen ist. »Ding! Ding!« hat der

Pfarrer aus dem Souffleurkasten ewig gewispert, aber ich habe absolut nichts mehr verstanden und bin auf einmal, weil mich das saudumme Lachen von den Leuten irr gemacht hat, hinter die Kulissen gesaust und habe zu plärren angefangen wie am Messer. Da war natürlicherweise alles verpfuscht. –

Die wunderbare Isis

Wenn ich zurückdenke an das Oktoberfest von 1908, wo ich mit meinem um zwei Jahre älteren Bruder Lenz hinein hab dürfen, da geht mir direkt heute noch das Gesicht aus dem Leim. Damals hat jeder von uns sechs Mark von daheim mitgekriegt, und los sind wir gefahren, hinein nach München. Eigentlich sollten wir zu unseren Verwandten drinnen gegangen sein, damit uns nichts passiert, aber, haben wir uns gesagt, nein, das machen wir nicht, nicht um Venedig. Die lassen uns ja doch nicht das machen, was wir mögen, ja, mitlaufen können wir und müssen immer bloß folgen, wenn es uns nicht paßt.

Am Starnberger Bahnhof sind wir ausgestiegen, haben herumgefragt, und schließlich sind wir auch ganz richtig auf die Festwiese gekommen. Zu allererst haben wir Bratwürstl gegessen. Mein Bruder Lenz aber war schon da recht ekelhaft. Er hat das Geld gehabt und hat sechs Paar gegessen, mir aber hat er bloß zwei Paar essen lassen. Gesagt hat er: »Du bischt aa no a Rotzlöffi und übahaaps, i muaß di ja aa füahrn wia a kloans Kind. Alloa tat i mi vui bessa untahoitn ...«

»Brauchst ja it geh mit mir, wenn's dir it gfoit«, habe ich vorlaut gesagt. »Gib mir nu mei Geld, nacha geh i alloa ... I verlaaf mi it!«

Mein Bruder hat mich recht minder angeschaut und hat gespöttelt: »Ha, du! ... Wenn i di laafa lossert, kriagert i dahoam an Krach ... Dös is doch oiwai scho a so gwen: A dö Älteren geht ois naus ...«

So ging die Reiberei an.

»I mog nimma! I hob grad sovui Geld mitkriagt wia du! Wennst ma's it glei gibst, mog i ganz einfach nimma!« habe ich wiederum zu benzen angefangen, aber der Lenz ist auf einmal grob geworden und gesagt hat er, das geht mich gar nichts an, er muß auf mich aufpassen, und wenn ich ihm nicht folg, läßt er mich einfach ohne Geld stehen, dann kann ich allein in die Hosen scheißen. Er ist viel größer gewesen wie ich, und da hab ich so halbwegs zu winseln angefangen. Das war ihm, scheint's, auch nicht recht. Er hat gesagt, ich soll nicht so unge-mütlich sein und hat mir einen Steckerlfisch gekauft, das heißt, er hat mir bloß ein bißl was davon gegeben und das meiste hat er gegessen, mir hat er alsdann die zwei Brezen gegeben. Ich habe da richtig gese-hen, wie man einen schwachen Menschen schikaniert, und eine solche Wut auf den Lenz insgeheim gehabt, daß ich ihn mit lachendem Ge-sicht abmurksen hätte können.

Jetzt aber, wo ich gerade so gedacht habe, hat es vor uns gewaltig ge-läutet, und wie wir aufgeschaut haben, ist es eine Bude gewesen, wo auf dem Podium ein Mann mit einem Smoking gestanden ist. Der hat die Glocke in einem fort geläutet. Neben ihm ist ein riesiger Neger gestan-den und eine weiß verhüllte Dame, auf die wo der Smokingmensch im-mer gedeutet hat. Er hat endlich zu läuten aufgehört und hat geschrien: »Hereinspaziert, meine Herrschaften! Beste und billigste Gelegenheit! Sehen Sie sich die Wunder der Welt an! Hier Bimbo, der stärkste Mann der Welt, läßt zwanzig Zentner auf seine nackte Brust legen und stemmt sie elegant in die Höhe! Sie sehen das nur bei uns und nur einmal in Ihrem Leben! Die Gelegenheit kehrt nie wieder! Der Urwaldriese! Das Phänomenalste an Kraft, jongliert mit Vierzentnergewichten und tanzt einen echten Urwaldtanz. Und hier, Miß Wahago, das Rätsel aus Ara-bien! Sieht in die geheimsten Winkel der Menschenseele ... Hört nur auf den Namen Isis in Europa! ... In Null Komma fünf ist Isis in hyp-notischen Starrkrampf versetzt und verschlingt Nadeln wie Butterbrot, läßt sich mit scharf geschliffenen Schwertern durchbohren, mit glühen-den Zangen zwicken und ist vollkommen unempfindlich! Anerkannte Spezialitäten, Kapazitäten unter der Ärzteschaft – hier, bitte, hier das Gutachten des Professor Brown aus New York – bescheinigen das un-erklärliche Wunder. Isis zeigt Ihnen ihren blütenweißen Leib vor und nach der Hypnose. Aber das ist nicht alles, das ist nur eine Winzigkeit, Herrschaften! Miß Wahago alias Isis ist das Phänomenalste an Hellse-herei und Gedankenlesen! Wollen Sie Ihr Schicksal im voraus wissen, Herrschaften? Haben Sie ein Geschäft, unbekannte Feinde und Kon-kurrenten? Haben Sie Pech gehabt in einer Sache? Sind Sie verliebt und zweifeln an der Treue Ihres Schätzchens? Droht Ihnen von irgendwoher Gefahr? Wollen Sie gewarnt sein, wollen Sie dieser Gefahr rechtzeitig ausweichen? Kommen Sie, Herrschaften! Isis, die Unbestechliche, die Wunderbare, weiß alles! Sie denkt für Sie, sie sieht in Ihre fernste Zu-kunft, beschützt Sie und bringt Ihnen Glück! ... Und was kostet Ihnen das alles? Ein Vermögen? Nein! Nicht einen Wochenlohn kostet das, nicht zehn Mark, nicht fünf, nicht drei, ja nicht einmal eine Mark kostet Ihnen diese überaus nützliche Sache, nein! Kopf für Kopf zahlt zehn Pfennige mal fünf – das sind fünfzig Pfennig! Für fünfzig Pfennig verscheucht Ihnen Isis alle Sorgen, Herrschaften! Hereinspaziert! Kommen Sie, junge Herren, junge Damen! Die Vorstellung beginnt sofort, es sind nur noch wenige Plätze frei, hereinspaziert!« Ein dicker Trubel hat sich auf das Podium gedrängt und hat gedrückt und geschoben wie bei einem Brand. »Wart a weni, i kimm glei wieda!« habe ich den Lenz gehört und – sst – ist er weg gewesen, alsdann habe ich ihn noch einmal kurz auf dem Podium auftauchen sehen und er ist hinter der Zeltwand der Bude verschwunden. Der Herr in seinem Smoking hat wiederum zu läuten angefangen und noch eine gute Viertelstunde seine Sprüche gemacht. In mir hat eine fürchterliche Wut gekocht wegen dem Lenz, stehen bin ich geblieben und hab mich bloß in einem fort gegrämt, weil ich kein Geld gehabt habe und warten habe müssen. Und wie ich also so in meiner Grimmigkeit nachsinniere, da ist mir auf einmal ein Licht aufgegangen. »Droht Ihnen Gefahr und wollen Sie derselben ausweichen!« ist mir eingefallen. Aha, drum! sag ich mir. Der Lenz hat sich nämlich heimlich einen Flobertstutzen gekauft gehabt und hat schon eine ziemliche Zeit gewildert, ist halbwegs aufgekommen, der Gendarm von Starnberg ist neulich dagewesen, drum – aha, die Isis, die soll es jetzt machen, daß er keine Prügel kriegt und so weiter. Soso!

Wenn ich aber jetzt der damischen Isis einen Strich durch die Rechnung machen täte, habe ich rachgierig überlegt, wenn ich einfach alles daheim sagen täte, was nachher? Alsdann wäre auf die siebengescheite Wahrsagerin samt ihrer Kunst geschissen!

Und wenn er mich noch lang ärgert, sag ich es, ist mir durch den Kopf gefahren: Pfeilgrad verrat ich ihn, den Schuft.

Da bin ich gestanden, der Duft von den Bratwürsten und Steckerlfischen ist mir in die Nase gestiegen, und ich habe mein trockenes Trumm Brezen zerbeißen können. Da soll einer noch gemütlich bleiben. Und neben mir war ein so schöner Stand mit Kapselrevolvern und Luftpistolen, mit kleinen Kanonen und Fröschen, Himmelherrgott, wart' nur, Lenz!

Davonlaufen hab ich nicht können – nicht bloß wegen keinem Geld, nein, es ist schon oft erzählt worden, auf dem Oktoberfest haben sich Kinder verlaufen, sind unter den Zigeunern verschwunden und sogar schon verwurstelt worden. Eigentlich, wenn ich es recht sage, ich hab mir gar nichts aus dem ganzen Gewurl ringsherum gemacht, ich hab ein paarmal zum Himmel hinaufgeschaut, und da ist mir auf einmal unser Dorf und alles daheim viel schöner vorgekommen. Da hab ich mich doch wenigstens ausgekannt und hinlaufen können, wo es mir gepaßt hat.

Jetzt sind die Leute ganz dicht aus der Bude gekommen und der Lenz auch. Er ist ganz ernst gewesen und hat bloß gesagt: »Geh weita!« Aber jetzt ist mir wieder der Zorn gekommen, und ganz tollkühn habe ich angefangen: »I woaß scho, worum oisd du mi net mit host lossn, egglhafta Kerl, eklhafta! ... Gell, wega 'n Schandarm und wega dein'n Flobert! ... Deswegn bist d' zu dera damischn Isis eini. Host d' gmoant, i spann's it ... Aba jetz wennst mi no moi steh loßt und a so ärgerst, nacha sog i ois dahoam wega dein' Gwehr! ... Do huift d' dir dei gschissne Isis gor nix ... I sogs ganz einfach! Moanst i loss mir ois gfoin!« Der Lenz ist diesmal gar nicht aufsässig geworden, im Gegenteil, ganz dasig hat er zu mir gesagt: »No ja, dös hättst ja du doch it verstandn ... Und a Schwindl is's aa gwen ... Geh weita, Oskar ... Jetz loss i scho dir aa wos zuakemma ... Aba sogn derfst nix, gell! Ganz gwiß it! Geh weita!« Das hat mich auch wieder versöhnlicher gestimmt. »No«, sage ich »glaabst i bin vielleicht a Ratschkathl! I verrot di net.« Auf das hin sind wir in die »Fischer-Vroni« Bräuhalle hineingegangen und haben eine Maß Bier bestellt. Wie uns die Kellnerin aber die Maß hergestellt hat und wie wir zum erstenmal getrunken gehabt haben und so herumschauen – ist auf einmal unser Maßkrug weggewesen. Sagt der Lenz zu mir ganz baff: »Dös is aba komisch, do san ja Diab herinna!« Und ich hab bloß »hm« gemacht und herumgelugt, ganz mißtrauisch. Und da ist drüberm Tisch ein Mensch gehockt mit ganz glasigen Augen, der geschaut hat wie ein Stier. Der ist mir verdächtig vorgekommen, ich habe mich infolgedessen an den Lenz herangedrückt und habe gewispert: »Der do drentn, glaab i, hot ünsern Maßkruag gstoin! Ganz gwiß!« Der Lenz hat immer eine freche Schneid gehabt und sich vor nichts geforchten. Er hat den Kopf gehebt und zu dem Mannsbild da drenten einfach gradwegs gesagt: »Teanas ünsern Kruag her! Mir wissen 's scho, daß 'n Sie vo üns hobn!« Aber da hat er sich verrechnet gehabt.

»Wos?!« hat der Mensch geschrien: »Wos, du Lausa, du windiga! Wos sogst?!«

»Ünsa Bier hobn S' üns gstoin, Sie Diab!« hat der Lenz ganz kritisch geschrien, und alle Leute haben schon geschaut.

»Wos? Du Rotzlöffi, du ganz koanziga! Wos, du Hundbua!« schreit da der Mann und – patsch – hat er herübergelangt und dem Lenz eine hineingehaut: »Dir wer i glei frech sei, du Lausbua, du rotziga! ... Jetz werd's guat! Solcherne Dreckbuam a scho aufmanndln und Bier saufa! Geh mir aus'n Gsicht, sog i, sünst passiert wos, du Sargnogl, du windiga! Machts daß'z weitakemmts, ös Saubuam!« Und rebellisch ist er worden und – ich habe gar nie nicht geglaubt, daß die Leute einen Dieb mögen – alle sind gleich gegen uns gewesen und haben zu schimpfen und zu drohen angefangen. Der Lenz ist blaß geworden, und ich bin vor lauter Angst unter den Tisch geschloffen, durch die Füße der Leute und auf und davon. Der Lenz ist nachher rausgekommen und hat nasse Augen gehabt, aber er hat seine Wut verbissen. Gesagt hat er, den merken wir uns, den Hundling, den verstohlenen. Seine Nase hat geblutet, und er hat sie in einem fort abgeputzt.

Da hat er mich wieder erbarmt auch, der Lenz, und gefreut habe ich mich über ihn insgeheim, weil er so ein mannhafter Mensch gewesen ist.

Ganz windelweich habe ich zu ihm gesagt:»Do fahrn ma liaba wieda hoam, Lenz, wenn do lauta solcherne Bazin herinna san.« Aber der Lenz ist gar nicht dafür gewesen.

»Mit Fleiß net! Geh weita, sauft ma a Limanad! Do konn üns koana wos macha«, hat er keck gesagt, und wie wir das getan haben, ist das Nasenbluten auch schon halbwegs rum gewesen. Der Lenz ist munterer geworden, und ganz freundlich hat er mir einen runden Lebzelten gekauft. »Haut scho!« sag ich, und in dem Augenblick wäre ich mit ihm durch dick und dünn gegangen. Wie wir von der Limonadenbude weg sind, ist uns ein freundlicher Herr direkt entgegengekommen, gelacht hat er und seine Arme hat er ausgespreizt als wie wenn er uns kennen würde und auf uns gewartet hätte.

»Die jungen Herren wollen sich gewiß photographieren lassen?« hat er herzlichst und einnehmend gefragt, gelobt hat er uns und gemeint hat er, wir sind ein sehr schönes Paar.

»Jaja, mir sind ja auch Briida«, hat da der Lenz halbwegs auf Hochdeutsch gesagt.»Soso, Brüder ... Hm, das ist ja ganz was Schönes ... Junge Herren, ich will Ihnen eins sagen ... So eine Photographie ist ein ewiges Andenken!« sagt darauf der Herr und hat den Lenz schon am Arm gefaßt. Eins, zwei, drei, waren wir mit ihm in einem viereckigen Zeltverhang, und da ist ein wunderschönes, aus Holz geschnittenes Automobil gewesen und dahinter ist eine Kulisse mit einer sonnigen, breiten Gebirgsstraße gestanden.

»Meine Herren! So flott vor dem Automobil – ich sag Ihnen, das wird ein unvergeßliches Andenken ... Da haben Sie ewig Ihre Freud' dran!« hat der Herr uns belehrt: »Also wie meinen Sie jetzt ... Das Bild kostet eine Mark ... Sie könnens sofort mitnehmen ... Wieviel darf ich machen, wenn ich bitten darf ...?« Ich habe gar nichts gesagt, aber der Lenz hat schneidig gesagt: »Jaja, mir möchten jeda oans, aba zwoa verschiedene.«

»Sososo ... Jaja, danke ... Also stellen sich die jungen, flotten Herrn hin, bitte ...

Gleich vor das Auto, bitte, so, ja, den rechten Arm aufs Auto gestützt, ganz leger, bitte ... So, bloß einen Moment ...« Der Lenz hat seinen einen Arm auf das Auto gelegt, die andere Hand hat er in die meine gelegt, wir haben einander ganz feierlich angeschaut, und das hat der Photograph, der wo indessen einmal hinter seinen Apparat gelaufen ist, wieder sehr belobigt.

»So! So, sehr schön! Ausgezeichnet ... Bitte jetzt einen Moment so bleiben!« hat er kommandiert: »Ganz ruhig.« Wir haben uns gar nicht mehr zu schnaufen getraut, dann hat der Herr einen Knipser gedrückt, ist wieder hinter seinem überhängten Apparat vorgekommen: »Nummero eins ist fertig.«

In dem Augenblick ist eine dickliche Frauensperson hinter dem Vorhang hervorgekommen und hat uns freundlich gegrüßt: »Guten Tag, die flotten Herren!«

»So ... hm, eine zweite Aufnahme noch!« hat der gewichtige Photograph zu der Dame gesagt. Die hat sich an uns gewendet, hat dann das Automobil weggeschoben und hat gesagt: »Die jungen Herren machen gewiß öfters Gebirgspartien, was?«

»Na, dös net ... Mir san ja vo Berg, von Becka Graf«, hat der Lenz gemeint. »Soso, also sowieso vom Gebirg? ... Na, da machen wir ein besonders hübsches Bild!« hat der Photograph gesagt, und alle zwei, er und die Dame, haben uns mehr an die bemalte Kulisse geführt. Da waren hohe Berge, und wir selber sind direkt vor dem gemalten Weg gestanden, da war ein Wegweiser: »Zur Zugspitze!«

»So, hier haben die Herren vielleicht ein paar Gebirgshüte … Bitte!«
sagt die Dame und setzt sie uns auf, diese Hüte mit großen Federn.
»Und da, die Bergstöcke! So! So, macht sich sehr schön. Und jetzt
schwingen die jungen Herren vielleicht ihre Hüte ein wenig … Ganz
zwanglos, bitte … So … Vielleicht der kleine Herr etwas an die Seite … So, sehn Sie … Ah, das wird ein sehr hübsches Bild!« haben alle
zwei durcheinander geredet. Mich hat der Herr ein bissl angelernt,
am Lenz hat er ein wenig herumgedrückt. Wir haben an der Wand
entlang geschaut und unsere Hüte steif geschwungen.

»Ruhig jetzt, den Arm nicht rühren … Biiiiitte … Halt, ein wenig
den Mund auf, grad wie wenn Sie jodeln … So, und lustig dreinschau-
en … So, jetzt biiittteee!« haben die zwei weitergeredet, und uns sind
schon die Arme ein wenig lahm und zittrig geworden, aber es war halt
doch schon sehr was Schönes.

»Bitte! … So, ruhig jetzt … Danke! Dankeschön!« sagt der Herr hinter dem verhängten Kasten, sein Arm greift vor und knipst an einem
Draht. Fertig ist die Photographiererei gewesen, aber wir haben uns erst
zu rühren getraut, wie die Dame kulant gesagt hat: »Die Herren können
sich jetzt schon wieder bewegen«, und uns die Bergstöcke und Hüte ab-
genommen hat. Mit den Kassetten in der Hand hat sich alsdann der Herr
an uns gewendet und gefragt: »Also vier Bilder im ganzen, ja?«

»Nana, bloß zwoa! Zwoa verschiedene!« meint drauf der Lenz. Die
Dame ist inzwischen mit den Kassetten hinter einen Vorhang. Der
Herr hingegen ist jetzt schon ein wenig anders geworden, und drin-
gend hat er uns belehrt, daß wir doch pro Aufnahme zwei Stück, also
bei zwei Aufnahmen vier Stück nehmen müssen.

»Ja, aba mir hobn nimma sovui Geld! Mir hobn bloß no drei Mark
und hoamfahrn müass’ ma aa no«, hat der Lenz kleinlauter gesagt.
Das hinwiederum hat den vorher noch so freundlich gewesenen
Herrn auf einmal wie verwandelt. Er ist fast grob geworden und hat
geschimpft: »Nein-nein! Also das gibts nicht, meine Herren! Bestellung ist Bestellung!« Fuchsteufelswild hat er uns gemustert. Wir sind
dagestanden wie mit der vollen Hose. Barsch hat er gesagt: »Ich will’s
euch ausnahmsweise um zwei Mark lassen, fertig!«

Es hat gestockt zwischen uns.

»Ja, dös geht it … Mir kinna ja sunst nimma hoamfahrn!« hat endlich der Lenz bedeutend dasiger gesagt und dazugesetzt: »A Mark und
vierzig Pfennig kost’s ja für uns zwoa auf Starnberg alloa scho!«

»Ja, was bestellen Sie dann! Das ist doch unerhört! Eine Frechheit sowas!« hat die Dame plötzlich hinter dem Vorhang gezetert. Mir ist ganz angst und bang geworden. Wieder schaut uns der Photograph so minder an. »Sie haben doch gewußt, was es kostet! Frechheit!« hat sich die Dame wiederum vernehmen lassen. »Hm, unverschämte Bengel!« knurrt der Photograph, alsdann hat er ganz resolut gesagt: »Also vier Bilder! ... Eine Mark sechzig, basta!« und ist auch hinter dem Vorhang verschwunden. Da haben er und die Dame in einem fort gebrummt und geschimpft auf uns. Der Lenz und ich sind eine Zeitlang benommen stehen geblieben. Keiner hat gewußt, was er tun soll. »Dös san Schwindla«, habe ich endlich dem Lenz zugewispert, und grad in dem Augenblick saust der Photograph hinter dem Vorhang heraus und sagt: »Das Geld, bitte!« Der Lenz hat gar nicht wollen und sich hin und her besonnen. »Bitte, das Geld!« meint der Herr ganz bös. Der Lenz hat endlich sehr ängstlich einen Drei-Mark-Taler hergegeben und furchtbar traurig dreingeschaut. Wahrscheinlich ist ihm dasselbe wie mir durch den Kopf gegangen: Da kriegen wir nichts mehr heraus, womöglich gibt uns der Bazi auch gar keine Photographie, haut uns genau wie der Bierdieb in der »Fischer-Vroni« drüben ein paar Watschen herunter, und wir haben einen Dreck von allem. Aber Geschäftsleute müssen doch bessere Leute sein wie andere Menschen – denn der Herr hat dem Lenz wirklich eine Mark und vierzig Pfennig rausgegeben, gleich darauf ist die Dame mit einem weißen Kuvert dahergekommen und hat es uns gegeben mit den Worten: »Da, Lausbuben, machts, daß'z weiterkommt's!« Jeder von uns hat gezuckt als wie wenn jetzt die Watschen kommen, und ganz dasig sind wir schnell aus dem Zeltverhang auf die laute Hauptstraße. Richtig aufgeschnauft haben wir, daß alles so gut abgelaufen war. Der Lenz hat sofort die Bilder aus dem Kuvert genommen, und wir haben sie angeschaut. Sie waren auf kleinen Blechplatten und sind so dunkel gewesen, daß wir uns nur mit größter Mühe drauf erkannt haben. Trotzdem aber hat der Lenz lustig gesagt: »Ah, dö san zünfti! Haut scho!« Es war ja auch alles ganz schön: vor dem Automobil, nicht zum Wegkennen von einem echten, und als lustige Gegebirgswanderer vor der Tafel »Zur Zugspitze« wir zwei. –

»Do werd d' Muatta schaugn ... Mei Liaba, solcherne Photographien hat nu koana an ganzn Dorf!« habe ich gesagt, und der Lenz hat schlitzohrig gemeint: »Und billi hobn mir's aa no derwischt ... Wenn i net ghandlt hätt, kennt ma jetz nimma hoamfahren ...«

»Wos? ... Mir hobn doch zwölf Mark ghabt!« habe ich wissen wollen. »Hobn ma denn scho gor nichts mehr? ... Gor nix?«

»Na, ois's is scho bein Teifi«, hat der Lenz gesagt, aber das habe ich arg angezweifelt.

»Ja, gell, weilst ois's für di verbraacht host! I hob gornix derwischt!« habe ich alsdann zu benzen angefangen und mich wieder geärgert. Der Lenz ist auch gleich wieder kritisch geworden und hat gemeint, ich soll fein nicht frech werden, ich hätte viel genug bekommen. Wir haben das Streiten angefangen und sind ganz traurig am Starnberger Bahnhof angekommen. Eine ganze Stunde haben wir noch auf den Zug warten müssen. Ich habe nicht mehr reden mögen vor lauter Wut und der Lenz auch nicht. Wie wir endlich gefahren sind, hat mein Bruder die Photographien herausgezogen, aber – o heilige Dreifaltigkeit! – die sind schon ganz und gar schwarz gewesen und man hat gar nichts mehr drauf gesehen. Das hat uns ganz verdrossen gemacht.

»Gell«, sag ich, »gell, i hobs gsogt, daß er a Schwindla is, der Hundsphotograph ... Aba du mußt ja überoi neilaafa!«

»Ah, jetz schaug eahm it o! ... I bin einiglaafa? ... Du bist ja mit den damischn Kerl glei mitglaafa, du Depp!« hat mich der Lenz zurechtgewiesen.

»I ...? lt wohr is! ... I hob ja gor koa Geld ghabt! Du bischt es gwen, it i!« habe ich ihm widerstritten, und da ist er ganz fuchsig geworden und hat bloß noch gesagt: »Hoit's Mäu, Lausbua, damischa ... I fahr meiner Lebtog nimma mit dir furt, daß d' ös woaßt, Depp, dappiga!«

»Du bischt aa oana!« habe ich vorlaut gesagt und gemeint habe ich, mit ihm fahre ich auch gar nie nimmer wohin, weil er mir mein Geld genommen hat.

»Du sei fei stad, gell! Saubua, nixiga! A Diab bin i fei no lang it, gell!« hat der Lenz ganz gefährlich gedroht, und da habe ich gesagt: »I mog gor nix mehr sogn.«

Stockstumm sind wir während der ganzen Fahrt nebeneinander gesessen, aber wie wir in der Nacht von Starnberg heimgegangen sind, ist doch das Streiten wieder angegangen. Wenns nach mir gegangen wäre, habe ich einmal gemeint, ich hätte der Mutter gern was mitgebracht, aber wenn man einem einfach kein Geld laßt?

»Wos Hundsbua, rotziga! Wos, fangst scho wieda o und sogst, i bin a Diab!« hat der Lenz auf einmal geschrien und hat mich recht durchgehaut. Ich bin ihm endlich ausgekommen und davongelaufen.

»Wart nu, i sog's scho wega dein' Flobertstutzn und wega 'n Wui-
dern! Wart nu!« habe ich zurückgeschrien in der Finsternis und wollte es auch wirklich wahrmachen.

Daheim sind alle schon im Bett gewesen, und wie endlich der Lenz
dahergekommen ist, hat er wieder eingelenkt. Gefragt hat er, was er
mir geben muß, wenn ich ihn nicht aufbring.

»I brauch nix! ... I sogs! ... Glaabst, daß i mir mei Geld nehma loss
und nacha schlogst mi no recht aa!« habe ich gebockt. Trübselig hat
der Lenz dreingeschaut.

»Do«, sagt er endlich nach einer Weile dasig: »Zwanzg Pfenning hob
i no ... Dö kriagst, wennst mi it aufbringst. Aba ganz gwiß derfst nix
sogn! Ganz gwiß!

Ich hab das Geld angeschaut und mich eine Zeitlang besonnen und
gesagt:

»Ja, gib mir's, i sog nix.«

»Aba ganz gwiß it! Ganz gwiß!«

»Wenn i's amoi sog ... Moanst i bin aa a so wia du!« habe ich überlegen gesagt und schnell dazugesetzt: »Aba schiaßn muaß i aa amoi
derfa ... Gib ma's, mei Zwanzgerl, gib ma's ...«

Der Lenz hat mir versprochen, daß ich oft schießen darf mit seinem
Stutzen, und das Zwanzgerl habe ich auch bekommen. Ich habe mein
Wort gehalten und er auch. Wie wir einmal gewildert haben, hat der
Lenz mir erzählt, daß ihm die Isis wahrgesagt habe, ihm droht eine
Gefahr, aber wenn er sich den Feind zum Freund macht, kommt gar
nichts auf.

Und das hat mich sehr gewundert, weil sie es so erraten gehabt hat,
und geehrt habe ich mich auch gefühlt, weil ich jetzt wirklich dem
Lenz sein Freund gewesen bin. –

Anläßlich der ewigen Anbetung

Jetzt kann ich es ja sagen, was wir damals bei der ewigen Anbetung für eine Lumperei gemacht haben, der Harpfernist-Ottl, der Greiner-Loisl und ich. Aber wenn sie uns dazumal daraufgekommen wären, da hätten sie uns richtig durchgehauen, der Pfarrer, der Lehrer und unsere Väter.

Wir drei Kameraden haben nämlich immer geläutet. Hinten im Glockenhaus hat uns kein Mensch kontrollieren können, was wir unter der Messe machen. Und selbstredend haben wir uns immer mit allerhand Jux die Zeit vertrieben. Eine Zeitlang ist das auch ganz gut gegangen, aber auf einmal ist uns die bigotte Lechner-Zenzl, welche immer im vierten Stuhl im Glockenhaus gebetet hat, daraufgekommen, wie wir gerade über das Gesichterschneiden vom Harpfernist-Ottl in einem fort gelacht haben. Und was tut diese alte Steige nicht? Sie geht pfeilgrad nach der Messe in die Sakristei zum Pfarrer hinein und verklagt uns.

Unser Leugnen nachher beim Religionsunterricht hat uns gar nichts geholfen. Auch der alte Bolzen-Girgl und die Bengl-Vev haben sich beschwert über unser flegelhaftes Benehmen, hat der Pfarrer uns mitgeteilt, und wie wir heimgekommen sind von der Schule, hat man es auch schon gewußt. Jeder hat Watschen bekommen und wir haben nicht mehr läuten dürfen. Die Watschen waren ja bald verschmerzt, aber die letztere Strafe nicht. Schon deswegen nicht, weil uns die ganzen anderen Schulkinder verspottet haben und gerade so getan haben, als wie wenn wir die allergrößten Lumpen gewesen wären. Was uns aber am allermeisten geärgert hat, das war, weil die scheinheilige, ekelhafte Lechner-Zenzl oft vor allen Leuten bissig auf uns geschimpft hat, indem daß sie sagte: »Gell, ös Lausbuabn, ös dreckige! Ös Rotzlöffin, ös koanzige! Jetz hot's enk der Hochwürdige Herr Pfarra austriebn, enker Lumperei! Ös Höllschwanz, ös misrablige!«

Wir haben zwar nicht aufbegehrt gegen eine solcherne Frechheit, weil uns diese alte Betschwester doch wieder verklagt hätte und da wäre es uns wiederum schlecht gegangen beim Pfarrer. Aber weil uns das so gewurmt hat, hat der Ottl zum Loisl und zu mir gesagt: »Wart no! Dös loßt ma üns it gfoin … Dös müassn s' büassn, dö Ratschkathln!«

Und alsdann haben wir also die Sache ausgemacht, wie wir Rache nehmen. Der Ottl hat in Berblfing drenten heimlich zwei Doppelgläser deutsche Reichstinte gekauft. Das ABC haben wir ja genau gewußt und weil unser Dorf mit A angefangen hat, ist es also als erstes bei der ewigen Anbetung darangekommen. Das war für uns die Hauptsache.

»Dös ganz' Dorf muaß 's büaßn!« hat der Ottl wie ein General gesagt und auf das hin sind wir am Tag der Anbetung, so um vier Uhr herum, in die Kirche hinübergeschlichen und haben die ganze Tinte in den Weihwasserkessel hineingeschüttet.

Weißt, was das für eine Gaudi gegeben hat, wie die ganzen Leute vom Dorf mit verspritzten und verschmierten Gesichtern herausgekommen sind aus der Kirche. Damit wir ja nicht aufkommen, haben wir genau so in den Weihwasserkessel gelangt und uns angespritzt als wie wenn gar nichts wäre. Die reinste Revolution hat es damals gegeben.

»Gottesraub!« hat die windige Lechner-Zenzl geplärrt. »Kirchenschändung!« hat der Mesner geschrien und ist ganz außer Rand und Band gewesen. »Soicherne Lakl g'härn ins Zuchthaus!« hat der Kooperator gesagt und die ganze ewige Anbetung wäre fast nichts mehr geworden, wenn nicht beim zweiten Dorf, das wo nach dem unsrigen darangekommen ist, der Mesner auf alle Weihwasserkessel einen Pappendeckel hinaufgelegt hätte mit der Aufschrift: »Vorsicht Tinte! Nicht hineinlangen!«

Das hat uns am meisten gefreut. »So«, hat der Ottl gesagt, »jetz hobn sie 's mit eahnan Derblecka, dö Hundling, dö eklhaftn!«

Läuten haben wir freilich trotzdem nicht mehr dürfen, aber wenn sie auch noch so herumgeforscht und gefragt haben, aufgekommen ist es doch nicht, wer das gewesen ist.

Die verfehlte Wirkung

M ein Vater selig ist ein Mitkämpfer im Kriege 1870 und 71 gewesen und hat infolgedessen wie alle seine Kameraden zum Veteranen- und Kriegerverein gehört. Bei Lebzeiten vom König Ludwig II. haben diese Vereine nicht grad viel gegolten. Der König hat das Militärische absolut nicht leiden können. Schlösser bauen und die musikalischen Sachen vom Richard Wagner sind ihm sein ein und alles gewesen. Das hinwiederum hat seiner Verwandtschaft nicht gepaßt, die verschiedenen Prinzen sind für das Soldatenspielen sehr eingenommen gewesen und haben ausgestreut, daß bei der Bauerei und wegen der Musik zuviel Geld aufgeht. Die kleinen Leute aber haben gesagt: »Ganz recht hat er, der Ludwig ... Was brauchen wir ein Militär, wenns kein Krieg nicht ist? Wenn er baut und eine Musik spielt, kommt Geld und Fidelität unter die Leute.« Kurz und gut, hin und her ist es gegangen, und die Höheren haben wie immer zum Schluß ihren Kopf doch durchgesetzt, das heißt, wie alsdann am Pfingsttag anno 86 unser geliebter Monarch in den See hineingegangen ist, weil es geheißen hat, wenn ein König nicht für das Militär ist, alsdann ist er irrsinnig, da hat sich auf einmal der Wind gedreht. Der Prinzregent Luitpold als Landesverweser ist ein echter bayrischer Kriegsmann gewesen, und unter seiner Regierung haben die militärischen Vereine einen großen Aufschwung genommen. Aber dieser Aufschwung hat auch danach ausgeschaut. Nämlich von jetzt an hat jeder, der wo bloß beim Militär gedient gehabt hat, Mitglied vom Veteranen- und Kriegerverein werden können und das hat die alten, wirklichen Krieger ganz rebellisch gemacht. Wegen dem, weil der Prinzregent für eine solche Neuerung gewesen ist, haben sie freilich nicht viel machen können, aber jedesmal ist es wild aufgegangen, wenn Junge und Alte zusammengekommen sind. Gestritten ist geworden auf Hautsdrein und sogar gerauft soll ein paar Mal geworden sein. Die Alten sollen zwar dabei wie richtige bayerische Löwen gekämpft haben, wie es jedesmal hinausgegangen ist, hat man nie erfahren. Mein Vater selig war bekannt als mordsmäßiger Flucher und schimpfen hat er können wie kein zweiter. Er war auch deswegen allgemein bei seinen Kameraden beliebt. Trotzdem aber hat er bald gesehen, daß, wo einmal die höchsten Stellen dafür sind, nichts mehr zu machen ist und hat sich danach gerichtet. Auf seine Treibereien hin sind die Alten bei Begräbnissen und Feiern einfach nicht mehr mitmarschiert und wenn hernach die Jungen in die Wirtsstube gekommen sind, haben alle echten Krieger bloß verächtlich dreingeschaut und allerhand Spötteleien hingeworfen. Ganz und gar aber ist die alte Kameradschaft in Harnisch gekommen, wie um 1905 herum der Bürgermeister von unserer Gemeinde von den Jungen zum Veteranenhauptmann gewählt worden ist. Der ist kaum 40 Jahre alt gewesen und geheißen hat es, er hat überhaupt nicht einmal ganz ausdienen können beim Militär, weil er Plattfüße und Herzverfettung gchabt hat. Der Bürgermeister war an sich ein sehr weitbeliebter Mann, hat über zwei Zentner gewogen und infolgedessen ewig geschnauft wie ein Roß, ist sehr vermöglich gewesen und um dieselbige Zeit zum Landrat ernannt worden. Ein Zeichen also, daß er schon tüchtig gewesen sein muß, aber die alten Krieger haben einfach gesagt: »Wos schiniert üns sei Gscheitheit! Oana, der wo net an Kriag g'wen is, hot üns nix z'sogn! Und der gor! Wo a net amoi sein' Kaserndienst aushoitn kinna! ... Der mächt üns jetz regiern und exerziern! Am Orsch lecka konn es üns!«

Mein Vater hat den Bürgermeister, weil derselbe rote Haare gehabt hat, überhaupt bloß den »roten Hund« geheißen und ihn einmal vor allen Leuten in der Wirtschaft so geschimpft, daß der gutmütige Mann sogar geweint hat und das hinwiederum hat auch meinen Vater gerührt, aber er hat es nicht zugeben wollen, ist einfach aufgestanden und hat auf einmal ganz feurig geschrien:

>»Sechsundsechzig mitgestritten!
>Siebzig mitgekämpft!
>Unter drei Kaisern gedient!
>Mann, das heißt machen!«

Beim Worte »Mann« hat er zornig auf den betrübten Bürgermeister geschaut und nach ihm gezeigt. Das hat große Wirkung gemacht. Alle alten und alle jungen Veteranen in der Wirtsstube sind auf einmal ganz stumm geworden, jeder ist überrascht gewesen, aber wie alsdann mein Vater aufgestanden und gegangen ist, sind alle Alten mit ihm und »Hoch, Maxl! Hoch! Hoch! Hoch!« haben sie alle geschrien.

Ich weiß es noch gut, am selbigen Tag ist unser Vater früh heimgekommen und ist voller Fidelität gewesen. Ganz ungewohnt war das und meine Mutter hat ein bißl lachend zweiflerisch gefragt, ob er vielleicht schon einen Rausch hat.

»Ah! Ah!« sagt darauf mein Vater: »Dös siehchst doch, daß i nu ganz grod geh!« Und alsdann hat er sich noch immer so lustig auf das Kanapee hingehockt und hat zu mir gesagt: »Oskarl, do geh her zu mir! Geh her!« Wie ich bei ihm gewesen bin, hat er mich gefragt, ob ich mir ein Markl verdienen möchte. Ich habe auch so zweiflerisch dreingeschaut wie meine Mutter und da fragt er, ob ich bis zu der Schulprüfung noch ein Gedicht auswendig lernen will.

»Ja, wos für oans denn?« habe ich gefragt.

»Heunt acht Tog is enker Prüfung, it?« hat sich der Vater erkundigt und wie ich ja gesagt habe, erkundigt er sich, ob das heuer wieder so ist wie alle Jahre, daß wir, nachdem das meiste vorüber ist, vom Lehrer oder vom Inspektor oder Bezirksamtmann gefragt werden, wer noch ein Gedicht extra weiß.

»Ja!« habe ich und hat meine Schwester Nanndl gesagt: »Da Lehra hot üns scho gsogt, wir soitn jeda a Gedicht lerna für dös …«

»So«, sagt mein Vater, »so … also nachha hebst an Finga, wenn gfrogt werd und nachha stehst auf und sogst dös Versl! Aba recht fest schrein muaßt und mit'n Finga muaßt auf'n Herrn Landrat und Bürgamoasta hinzoagn … A so, verstehst mi! Und fest schaugst 'n o, gell! Nachha kriegst a Markl vo mir, Buawei!« Und auf das hin hat er das Versl von 66 und 70 und von den drei Kaisern vorgesagt. Alle haben ganz baff geschaut, meine größeren Geschwister und meine Mutter. Die hat sogar den Kopf geschüttelt. Ich aber bin mir sehr geehrt vorgekommen und gleich habe ich das Gedicht auswendig können und es bis zur Prüfung bei jeder Gelegenheit laut geschrien.

Der Wagner Neuner ist einmal gekommen und dem hat mein Vater voller Freude das erzählt. Sagt er zu seinem alten Kameraden, wie ich das Gedicht vor den zweien aufgesagt gehabt habe, »Do paß auf, wia da rot' Hund do blamiert werd! Sogar d' Kinda schrei'n 's eahm a's Gsicht, den nixnutzign Kasernmuggl!«

Und: »Ja-jaa Maxl, dös host fei ausgspunna ... Do raacht er eahm richti und macha konn er gor nix!« hat der Wagner Neuner gesagt.

Die Prüfung war bei uns immer sehr feierlich. Das Schulzimmer ist überaus sauber geputzt gewesen, um den Katheder herum sind schöne Stühle gestellt gewesen für die Herren, der Lehrer hat einen Gehrock angehabt und auch wir haben alle unsere Sonntagsgewänder angehabt. Alles ist sehr gut verlaufen. Der Bezirksinspektor hat nirgend fehlgefragt, der Bezirksamtmann und der Bürgermeister haben sich manchmal befriedigt unterhalten und zum Schluß hat der Lehrer also gefragt, ob noch eins außerdem einen Vers aufsagen kann. Wir Grafs haben das nie mögen, aber diesmal war der Lehrer ganz baff, weil ich den Finger aufgehoben und schon direkt aufgesprungen bin. Alle die Herren haben auf mich geschaut, ich hab die Brust herausgedrückt und bin strammgestanden, hab die Stirn zusammengezogen und ganz militärisch auf den Bürgermeister geschaut, indem daß ich laut geschrien habe:

> »Sechsundsechzig mitgestritten!
> Siebzig mitgemacht!
> Unter drei Kaisern gedient!
> Mann, das heißt machen!«

Und mit meinem Finger habe ich auf den Bürgermeister gezeigt wie ein Alter, grad schön war es. Ich habe genau so wie mein Vater gemeint, so jetzt wird der dicke Mann aber seinen Schwanz einziehen und blaß werden und womöglich auf und davongehen oder sich recht schämen, aber was passiert da? Alle Herren haben furchtbar zu lachen angefangen. »Köstlich!« hat der Herr Bezirksamtmann gesagt und grad geschüttelt hat es ihn. Der Bürgermeister hat genau so gelacht und der Lehrer hat fast herabmindernd zu mir gesagt: »Setz dich, ist schon gut!« Ich habe geschlottert mit Händen und Füßen vor lauter Zorn und ewig auf den lachenden Bürgermeister geschaut.

»Ja, ja, setz dich nur, ist schon gut!« hat der Lehrer wiederholen müssen und wie der Bezirksamtmann wiederum laut lachend gesagt hat: »Köstlich, der Knirps!« da haben mich auch alle Schulkinder ausgelacht. Ich bin brandrot geworden und habe mich gesetzt, mein Herz hat geschlagen wie eine Trommel, geschämt habe ich mich und habe nicht einmal gewußt warum. Wie dann alles aus gewesen ist, haben mich alle auf dem Heimweg: »Knirps!« geheißen und, weiß Gott warum, ich habe auf einmal das Weinen angefangen und alle haben noch mehr gespöttelt: »Kni–irps! Köstlicher Kni–irps!« Ich habe zu raufen angefangen und dabei mein ganzes Sonntagsgewand zerrissen, weil ich, trotzdem ich gleich von allen hingeschmissen worden bin, auf dem Boden noch immer herumgeschlagen habe. Verkratzt und zerfetzt bin ich daheim angekommen und meine Mutter hat laut geschimpft, wie sie mich gesehen hat. Die Nanndl hat erzählt, daß ich den Vers schon gesagt habe und sehr schön auch noch, aber ich sei bloß ausgelacht worden.

Das hat meinen Vater sehr gewurmt. Er hat auf einmal eine solche Wut bekommen, daß er mir zwei Watschen gegeben hat, weil ich die Hose und die Joppe zerrissen habe. »Der rot Hund, der rot!« hat er geflucht und auf und in die Wirtschaft ist er.

Mein Markl habe ich nie bekommen. Leider nämlich habe ich mir nichts mehr zu sagen getraut zum Vater.

Und zwei volle Jahre habe ich mit dem geflickten Sonntagsgewand in die Kirche gehen müssen ...

Unsere Freundlichkeit

In die Pfarrschule von Aufkirchen sind die Kinder aus vielen Dörfern gegangen, aber wir Berger haben von jeher als die besseren und feineren gegolten. Wir sind ja auch von früh auf mit den Stadtmenschen in Berührung gekommen. Unser Dorf ist Dampfschiffstation und liegt direkt am See, hat ein Schloß mit Park und ist seit Königszeiten ein vielbesuchter Ausflugs- und Sommerfrischort. Darum sind wir auch zur Freundlichkeit erzogen worden und haben jedermann respektvoll gegrüßt, haben kulant Auskunft gegeben auf Fragen. Ein bockstarres Anglotzen der Fremden hat es bei uns nie gegeben wie bei den »Drenteren«. So nämlich haben alle Kinder und Leute aus Kempfenhausen, Harkirchen, Farchach, Bachhausen, Mörlbach, aus dem Vilz und aus Siebichhausen geheißen. Dorthin hat sich höchstens einmal ein Ausflügler verirrt und Sommerfrischler gab es dort nie.

Wegen unserer Feinheit haben wir Berger auch beim Lehrer immer den Vorzug gehabt und uns viel darauf eingebildet. Freilich war das auch wieder von Nachteil für uns. Ein Berger, wenn er nämlich etwas Unrechtes gemacht hat, das ist nicht bloß mit Tatzen, Überlegen und Droben- bleiben nach Schulschluß allein abgegangen. Auf einen solchen Übeltäter hat der Lehrer seine ganze Verachtung in Form einer Strafpredigt niederprasseln lassen, welche uns gewissermaßen immer alle angegangen ist. Wenn so was passiert ist, haben sich die Drenteren stets sehr gefreut und in der Pause oder nach der Schule ist dann ihr Spötteln angegangen:

> »Häläpätsch! Häläpätsch! Siebngscheite Berga!
> Enk haut der Lehrer alle Täg,
> aber mir dumma Drentern kriagn koane Schläg'.«

Da hat es meistens eine Rauferei gegeben, aber weil die Drenteren die mehreren waren, ist es uns dabei immer schlecht gegangen. Ganz gleich aber, von uns hat doch jeder gewußt, daß er feiner ist wie diese ganzen drenteren Muhaggln.

So sittsame und freundliche Kinder, wie wir sie in der Zeit der großen Sommerfrische waren, hat man nicht gleich wieder gefunden. Aber wir haben auch gewußt warum. Wir schauten uns die Leute genau an und schnell brachten wir heraus, daß hauptsächlich so feine Damen für Freundlichkeiten sehr eingenommen waren. Wir sind auch nie fehlgegangen. Wenn wir nämlich einer solchen Person schön die Hand gegeben, einen Knicks gemacht und »Grüß Gott, gnädige Frau« gesagt haben, ist meistens ein Fünferl, ein Zehnerl oder ein Schokolad herausgesprungen dabei. Die Sommerfrischler haben das nach und nach voneinander, scheint's, gelernt. Besonders umlauert ist von uns ein Fräulein Knecht worden. Das war eine große, hochbusige, immer sehr auffällig gekleidete Dame, die wo immer schon von weitem geduftet hat. Sie hat blitzende Halsketten umgehabt, ihre Hände waren voller Ringe, jeden Tag ist sie durch das Dorf stolziert und hinter ihr her liefen zwei ganz kleine, langhaarige Schoßhunde. Es ist auch manchmal ein älterer Herr mit Zwicker und grauem Vollbart mit ihr gegangen und gewohnt hat sie in einer eigenen Villa am See. Im Dorf ist gesagt worden, der Herr ist ihr Galan und sie lebt im Konkubinat. Wir haben uns unter dem letzteren etwas undenkbar Reiches vorgestellt und da muß schon etwas daran gewesen sein. Wenn wir nämlich dem Fräulein Knecht die Hand gedrückt haben, dann hat sie sehr freundlich gelächelt, ihre silberne Handtasche aufgemacht und uns meistens zwanzig Pfennig, sehr oft aber sogar ein Fufzgerl geschenkt. Der Kramerfeichtmartl, mein bester Freund, ist alsdann auf die Idee gekommen, daß man dem Fräulein Knecht wegen einer solchen Freigiebigkeit schon mehr bieten muß. Und auf das hin haben wir ihr meistens einen Büschel Schlüsselblumen oder Anemonen gegeben. Das hat sehr gewirkt und jetzt sind die geschenkten Fufzgerl viel öfter geworden. Das Blumenbrocken haben wir von da ab sehr eifrig betrieben, weil sich das auch bei einer anderen Frau im Dorf sehr rentiert hat.

Um dieselbige Zeit nämlich ist eine Pächterin in der Wirtschaft »Tutzinger Hof« uns gegenüber aufgezogen mit Namen Frau Selzle. Die ist Witfrau gewesen, war stramm und gewandt um und um, hat einen rechten Schwung in die Wirtschaft gebracht. Das Bier und das Essen sind ausgezeichnet gewesen bei ihr, jeden Tag hat sie sich fein herausgeputzt, leutselig war sie, um jedes Mannsbild ist sie herumgeschwanzelt und reden hat sie können wie ein Wasserfall. Wahrscheinlich deswegen, weil sie geglaubt hat, sie gewinnt die Leute recht schnell für sich, darum ist sie zu uns Kindern sehr nett gewesen. Das hat uns sehr gepaßt. Im Sinn haben wir mit ihr eigentlich gar nichts gehabt, aber wie wir einmal in ihrem Wirtsgarten spielen, schreit sie heraus: »Geht's Kinda, brockt's mir doch a poor Büschl Bleamin, nacha kriagt's was!«

»Ah, haut scho!« habe ich geschrien und alle sind wir hinten hinaus, in den Marterer sein Feld und haben zu brocken angefangen.

»Du«, sagt der Martl zu mir, »dö müaßt ma üns mirka … I glaab, dö neu' Wirtin gibt gern wos.« Meine kleinere Schwester Nanndl und ich haben auch gemeint, daß der Martl nicht unrecht haben könnte. Nach einer Zeit lang sind wir also fidel zur Frau Selzle gekommen, jeder hat einen großen Strauß Blumen gehabt und hat dafür eine Dünngeselchte bekommen. Wir haben recht scheinheilig gedankt, aber zufrieden sind wir gar nicht gewesen und wie wir allein auf der Straße gewesen sind, hat der Martl gesagt, ein geiziges Luder ist sie, die Selzlin.

»Wos moanst, daß 's mit dö vuin Bleamin tuat?«! habe ich beiläufig gefragt und wir haben natürlicherweise darauf alle drei keine Antwort gewußt.

Wie wir aber so dastehen, sehen wir, daß die Frau Selzle an die offenen Wirtsstubenfenster hohe Gläser stellt und dahinein die Blumenbüschl steckt. Wir haben flink hingeschielt und sind zu uns in die Holzhütte gegangen. Von da aus ist gut hinüberlugen gewesen in die Wirtsstube.

»Woaßt wos«, sagt endlich der Martl, »dö stehln wir ihr wieda und schicke an deppertn Kagerbaurn-Hansl und an spinnertn Kehra-Sepp wieda nei' … Dö kriagn aa wieda wos und wenn's rauskemma, nehm' ma's eahna einfach …«

»Ja«, habe ich gemeint, »aba der Hansl derf ja nia furt vo dahoam und da Kehra-Sepp is ja so dumm … Der plärrt nacha recht, wenn ma eahm sei Dünne nehma und nacha kimmt ois's auf …«

»Ah wos! Lossn teahn ma der Selzlin dö Bleami it … Gehts weita, dö hoin ma üns wieda!« hat auf das hin der Martl tollkühn gesagt und also sind wir hingeschlichen an die offenen Fenster, in der Wirtsstube ist kein Mensch gewesen, weil es mitten am Vormittag war, der Martl hat den ersten Strauß aus dem Glas gezogen, ich den zweiten, aber die Nanndl hat dummerweise das Glas umgestoßen. Einen Knall hat es getan und dasselbe ist auf den Boden gefallen, wir aber sind schon wieder davongesaust.

Die Blumen haben wir kurz darauf dem Fräulein Knecht gegeben und die hat sich, scheint's, sehr geehrt gefühlt, weil sie zur Nanndl, die wo ihr den dritten Strauß geben hat wollen, gesagt hat:»Ach Gott, Mädelchen! Der Segen ist aber groß ... Da, kauf dir was Schönes!« und die Blumen gar nicht mehr angenommen hat. Meine Schwester hat die Blumen alsdann weggeschmissen.

Hochmut, heißt es, kommt zum Fall. Und dieses Sprichwort ist am andern Tag an uns hinausgegangen. Nämlich der Martl und ich sind ganz frech wieder zur Frau Selzle gekommen und haben ihr jeder einen Strauß Blumen gebracht. Die Wirtin hat uns in die Küche kommen lassen und:»Soso«, sagt sie,»soso ... Dös san gwiß dö Bleamin, do wosz ös mir gestern wieda gstoin hobts, ha?« Ganz scharf hat sie uns dabei angeschaut und wir sind um und um rot geworden, aber der Martl war am ehesten bei sich und hat recht frech gesagt:»Mir ...... Nein, die haben wir grad gebrockt ...« Hochdeutsch hat er geredet wie vor dem Lehrer.

»So!« meint da die Selzlin auf einmal zornig:»Und wer hot nacha gestern meine Bleamin von'n Fensta weggstoin? Ös seid's dir doch rechte Saubengln, recht lausige, wart!« Und schon hat sie dem Martl eine hineingehaut. Der ist aber ganz kritisch geworden und hat wie ein Mannsbild gesagt:»Net wohr is, sog i! Frogn S' nu an Oskar ... Mir wissn nix vo dö Bleamin, dö wo's Eahna gstoin hobn! Do braucha S' it so grob sei!«

Dummerweise aber bin ich an die Türe gelaufen und das hat die Wirtin auf unser schlechtes Gewissen aufmerksam gemacht. Wenn es nach dem Martl gegangen wäre, da wäre unsere Lumperei nicht herausgekommen. Der ist stehen geblieben und hat ein ganz beleidigtes Gesicht gemacht. Mich hat die Selzlin am Arm gepackt und zurückgerissen.

»Dobleibst, Lauser, ganz frecha!« hat sie geplärrt und alsdann gefragt:»Hobt's dö Bleamin vo mein'n Fenster weg oder net? Raus mit da Wahrheit! Wennd's net lüagts, passiert enk nix! ... Weita, Oskar, sog's!« Ich habe sie recht wehleidig angeschaut und auf einmal unschuldig zu wimmern angefangen:»Nein, wir haben noch nie nichts gestohlen ... Is gor it wohr!« Daraufhin hat uns die Frau Selzle einfach kurzerhand gepackt und ist mit mir zu meinem älteren Bruder

Max gegangen und mit dem Martl zu seinem Vater. Ich habe mit dem Spachtel solche Prügel bekommen, daß ich gleich in die Hose genäßt habe und der Martl ist auch durchgehaut worden. Zum Glück sind gerade die langen Ferien gewesen, sonst wäre es uns in der Schule schlecht ergangen.

Aber die Frau Selzle hat alsbald unsere Blutrache gespürt. An einem Samstag, wie grad die Wirtsstube blitzblank aufgeputzt gewesen ist, haben wir einen ganzen Haufen nasse Mistbatzen hineingeschmissen. Da hat die damische Wirtin geplärrt und geklagt wie am Spieß und wir sind in unserer Holzhütte gestanden und haben uns richtig gefreut. Das ist nie herausgekommen. Genau so wenig wie das, daß wir ihr etliche Wochen später im Wirtsgarten hinten die aufgehängte, nasse Wäsche vollauf mit Ruß angestaubt haben. Alles hat wieder neu gewaschen werden müssen und eine furchtbare Jammertation hat die Selzlin darüber angestimmt. Wir sind bei uns im Heustock droben gelegen und haben alles genau gehört und der Martl hat selbiges Mal gemeint, wenn man zu einem Menschen freundlich ist und er verratscht einen, dem kann man gar nicht genug antun. Unsere Freundlichkeit nämlich hat ihre zwei Seiten gehabt. –

Der Gottesraub

Die Leute bei uns daheim und im ganzen Land von Oberbayern sind katholisch. Dieser Glaube ist, wie der alte Schmalzerhans immer gesagt hat, kamot (kommod) und darum wird er sich auch ewig halten. Er verlangt keinen besonderen Aufwand, tut keinem weh und jeder Mensch ist ihn gewohnt. Bigotte Männer und Betschwestern hat man aber bei uns nie mögen, weil das meistens falsche, kriecherische und scheinheilige Personen waren, die im Familien- und Berufsleben keinen Schuß Pulver wert gewesen sind. Dieses ist auch von jeher die Ansicht von unserem Vater selig gewesen, und wenn man auf solche Sachen zu reden gekommen ist, hat er immer gemeint, bei einem Glauben kommt es ganz allein auf den Pfarrer an, ein schlechter Geistlicher und ein schlechter Wirt sind vollends gleich: Wenn sie die Leute nicht verstehen und nicht mit ihnen umgehen können, kommt kein Mensch gerne zu ihnen, und die wo alsdann wirklich in die Kirche und in die Wirtschaft gehen, tun es aus Falschheit oder sie sind aufsässig.

Daß das wahr ist, habe ich gar bald erfahren müssen. Nämlich wie ich in die sechste Schulklasse gegangen bin, haben wir einen neuen Pfarrer bekommen, und dieser hat es mit der Christlichkeit seiner Pfarrkinder arg genau nehmen wollen. Besonders streng hat er darauf gesehen, daß die Feiertagsschüler auch immer rechtzeitig und vollzählig in die sonntägliche Christenlehre gekommen sind. Diese hat immer in der Kirche nach dem Hochamt, eine Stunde vor die Feiertagsschule angegangen ist, stattgefunden. Beim Pfarrer Johst, dem Vorgänger des jetzigen, ist das nie so genau gegangen. Der Johst war ein seelenguter, gemütlicher Mensch, dem wo, wenn er auch infolge eines arg weltlichen Fehltrittes strafversetzt worden ist, jeder nachgetrauert hat.

Meine zwei älteren Brüder Lenz und Maurus sind damaliger Zeit gerade in die Feiertagsschule gegangen. Der eine in die erste, der andere in die zweite Klasse. Nacht für Nacht haben die zwei in der Bäckerei mitarbeiten müssen und in der Frühe um sechs Uhr ist das Brotaustragen angegangen. Der Maurus hat nach Unterberg müssen und ist im Winter, wenn alle Herrschaften fort waren, in einer knappen Stunde fertig gewesen. Der Lenz aber hat die Tour Kempfenhausen und Haarkirchen gehabt. Dieser lange Weg ist im Winter nie gebahnt gewesen und es war nichts Schönes, sich so mit dem schweren Brotkorb auf dem Rücken in der Dunkelheit durch all die hohen Schneewehen durchzuarbeiten. Da ist es auch immer halb oder zehn Uhr geworden, bis der Lenz wieder heimgekommen ist. Seit dem neuen Pfarrer war jeder Sonntag arg. Der Lenz hat sich's pressieren lassen, ist schweißdampfend und bis zum Bauch hinauf schneenaß von seiner Tour zurückgekommen und jetzt ist das Hetzen erst recht angegangen. Er hat kaum Zeit gehabt, den warmen Tee hinunterzuschlingen, eilsam mußte er sich umziehen, hinaus zum Haus ist er und gesaust bis nach Aufkirchen wie ein Renngaul. Jedesmal aber war die Christenlehre schon halbwegs vorüber. Ganz verstört ist er in die Kirche hineingelaufen, das Weihwassernehmen und das Kniebeugen vor dem Hochaltar hat er meist vergessen, keuchend hat er dem Pfarrer seine Entschuldigung hingesagt und wenn er im Betstuhl war, ist ihm die Luft oft weggeblieben. Kein Wunder wäre es gewesen, wenn er dabei krank geworden wäre, der Kopf und Körper waren heiß, die Füße waren naß und Herzklopfen hat er gehabt. Der Pfarrer hat sich das erstemal die Entschuldigung einigermaßen ruhig angehört. »So«, hat er bloß gesagt: »aber so läuft man nicht in ein Gotteshaus! Geh heraus und nimm Weihwasser und benimm dich, wie es sich gehört, vorwärts!« Der müde Lenz hat gefolgt und sich sehr geschämt. Beim zweiten Versäumen ist der Herr Pfarrer schon viel ungemütlicher geworden und wieder hat er meinen Bruder geschimpft, weil er so ungehörig hereingelaufen kam. Am dritten Sonntag hat der Lenz das Weihwasser genommen und die Kniebeuge gemacht, aber er ist so kaputt gewesen, daß er kaum richtig reden hat können, und da ist der Pfarrer ungut gewesen und hat voller Verachtung gesagt: »Ja, ja, wie üblich, der Graf Lorenz! Natürlich bloß immer du, sonst keiner! Bei dir scheint's mit der christkatholischen Pflicht und Schuldigkeit überhaupt nicht weit her zu sein. Ich muß doch einmal mit deinen Eltern reden.« Der Lorenz wurmte sich furchtbar und er ist aufgestanden und hat mit zurückgehaltenem Zorn gesagt: »Herr Hochwürden, das können Sie schon tun.« Der Pfarrer ist plötzlich wutblaß geworden und hat geschrieen: »Kein Wort mehr, du frecher Bengel! Setz dich!« Grimmig hat sich seine Stirn in Falten gelegt und seine Backen haben ein wenig gezuckt. Der Lenz hat sich hingesetzt und Wut und Weinen verlegen verschluckt. Hernach in der Feiertagsschule ist ihm schlecht geworden. Der Pfarrer ist zu meiner Mutter gekommen und hat sich über das Zuspätkommen vom Lenz beschwert. Mein Vater wenn dagewesen wäre, hätte sicher furchtbar grob geflucht, aber meine Mutter hat bloß gejammert und gesagt, daß der Bub mit dem besten Willen nicht eher heimkommen kann. Wie aber am vierten Sonntag der Lenz erst in dem Augenblick, wo schon alle zum Schlußgebet aufgestanden sind, in der Pfarrkirche angekommen ist und voller Angst und Verlegenheit in der Mitte des Kirchenschiffes aufgetaucht ist, da hat sich der Pfarrer plötzlich nicht mehr halten können. Er ist, ohne auf die paar Stotterworte vom Lenz zu hören, auf meinen Bruder zugegangen, hat ihn derb gepackt und ihn in den Betstuhl hineingestoßen. »Da–das ist denn doch zu viel! Jetzt wird's mir zu bunt, du gottvergessener Lausbub!« hat er geschimpft und meinem Bruder kurzerhand ein paar schallende Watschen gegeben. Alle anderen Feiertagsschüler haben furchtsam und stockstumm dreingeschaut und wie der Lenz ganz bös und hart geknirscht hat, ist der Pfarrer wild geworden und hat wieder ausgezogen mit dem Arm. Der Lenz hat ein wenig gezuckt und ist auf einmal in ein zerstoßenes Weinen gefallen, aber bloß ganz kurz, dann hat er sich plötzlich wehrhaft gegen den Geistlichen gestellt und furchtbar bitter geschrieen: »Ja Herrgott, i konn mi doch it derrenna! ... We–e–enscht du mi grod schikanieren und schlogn wuist, nachha konnst mi aa am Orsch lecka!« Und mit aller Kraft hat er den Pfarrer auf die Seite gedrückt und ist plärrend aus der Kirche gelaufen. Das war furchtbar für jeden. Alles ist verwirrt worden, jeder von den Schülern hat gezittert und der Pfarrer ist kalkweiß im Gesicht starr dagestanden, seine Lippen hat er etliche Zeit fest aufeinander gepreßt, und auf einmal hat er mit den Armen herumgedroht und mordialisch geschrieen: »So! Sowas erlaubt man sich da! Da–das ist Gottesraub! Der Lump! Der Kerl! Der Ve–verbrecher!« Er hat gekeucht und ist zwischen den Kirchenschiffen auf und ab gerannt wie außer Rand und Band, der Schaum ist ihm auf die Lippen gekommen, er hat durcheinander geschimpft, daß es kaum noch zu verstehen war. Von »Hölle, Verfluchung und Satan« hat er was dahergeredet, und wie ein Korporal hat er den Befehl zum Schlußgebet gegeben und einfach gesagt: »Macht, daß ihr weiterkommt!«

Am Montag in der Religionsstunde hat mir der Pfarrer einen Brief für die Eltern mitgegeben. Es war schon in der ganzen, weitläufigen Pfarrei bekannt, was der Bäckerlenz in der Christenlehre gemacht hatte. Darum habe ich mir genau einbilden können, was in dem Brief steht. Unser Vater hat im Wirtshaus hören müssen, was sein Bub für ein freches Bürscherl sei, und meine Mutter hat heimlich immer geweint und gebetet. Den Brief vom Hochwürden hat sie dem Vater gar nicht gezeigt und ist an einem Tag ganz unauffällig zum Pfarrer hinaufgegangen. Später haben wir alle erfahren, daß sie zwei Messen lesen hat lassen. Unser Vater hat den Lenz ausgefragt, und wie dieser weinend erzählt hatte, stand der alte Mann auf und hat gesagt: »So schikanieren hätt' er di net braucha, aba zu aran Pfarra sogt man net ›Leck mi am Orsch‹ ... Dös ghärt si' net ... Aba noch oamoi, wenn er so grob gega di is, nacha hot er's mit mir z'toan! Himmiherrgottsakrament–sakrament! Bein Pfarra Johst hot's a so a Gaudi nia geben.« Wir haben selbiges Mal alle, wie wir in der Stube gewesen sind, zu unserem Vater hingeschaut, und insgeheim sind wir ihm dankbar gewesen für das, was er gesagt hat.

Am anderen Sonntag ist der Lenz nicht zur Christenlehre gekommen, weil sich der Pfarrer das in dem betreffenden Brief verboten gehabt hat. Hingegen nachher in der Feiertagsschule hat mein Bruder vor den Katheder knien müssen, und Lehrer und Pfarrer haben je eine schreckliche Strafpredigt auf ihn gehalten. Alsdann hat er zwölf Tatzen vom Lehrer und zwölf vom Pfarrer bekommen. »Und Generalbeicht ablegen, du niedriger Kerl ... Da schaut ihn euch an, den Verbrecher!« hat der Pfarrer zum Schluß gesagt. Der Lenz hat bei den Tatzen keinen Laut von sich gegeben und nicht einmal gezuckt, wenngleich seine Hände aufgeschwollen sind. Er ist in die Bank zurückgegangen, hat sich hingehockt, manchmal haben ihn seine Nebenschüler schlucken gesehen, aber sonst hat er bloß ein saukaltes Gesicht gemacht. So wenigstens hat es uns der Maurus insgeheim erzählt.

Die Generalbeicht hat der Lenz an einem Samstag abgelegt und am Sonntag darauf mußte er kommunizieren. Für ihn habe an diesem Tage ich nach Kempfenhausen das Brot tragen müssen. Es war Gott sei Dank nicht soviel Schnee und ich habe es schon halbwegs machen können. Die Mutter hat mich schon um fünf Uhr in der Frühe aufgeweckt und da haben die Bäcker noch in der Ofengrube gestanden und Brezen herausgebacken. Der Lenz ist am Laugenkübel gewesen und hat mit der hölzernen Stielschaufel die gekochten Brezen für den Schießer herausgeholt. Und wie ich grad die Stiege herunterkomme, schreit er mir ganz fidel: »Oskar, do geh her!« Und da sehe ich etwas,

was ich in meinem Leben nie wieder vergessen habe. Nämlich der Lenz hat in einem fort heiße Brezen gegessen, wo er doch vollkommen nüchtern, ohne was im Magen, zum Empfang der heiligen Hostie gehen hätte sollen. Ich habe geglotzt und das Maul aufgerissen, hab vielleicht auch was sagen wollen, aber der Lenz ist mir zuvorgekommen und hat ganz höhnisch gesagt: »Jetz glaab i übahaaps nix mehr! Jetz friß i jedsmoi vor der Kommunion, wenn mi glei der Teifi hoit! Der damisch' Pfarra konn mir an Buckl naufsteign!« »Ja–ha Lenz! Lenz do kimmst doch in d'Höll'! Um Gotteswilln!« habe ich erschrocken gesagt und wirklich, ich habe mir schon die furchtbarsten Sachen ausgemalt, was da alles passiert, wenn mein Bruder so frevlerisch die Hostie auf die Zunge gelegt bekommt. Mit Angst und Bangen habe ich den ganzen Vormittag, nachdem ich meinen Brotgang gemacht hatte, auf das Heimkommen der Feiertagsschüler gewartet. Aber schon, daß alle, die von uns im Hochamt waren, nichts von einem besonderen Vorfall erzählten, hat mich stutzig gemacht.

Nach dem Mittagessen bin ich den Feiertagsschülern voller Unruhe entgegengelaufen. Es war ein klarer, sonniger Wintertag. Schon von weitem habe ich die Berger daherkommen sehen. Der Lenz und der Maurus haben gelacht, wie wenn gar nichts sei. Ich bin hingerannt zu ihnen und hab den Lenz ganz aufgeregt gefragt, ob ihm denn gar nichts passiert sei. Mein Herz hat geklopft und ein beinahe grausiges Rieseln ist mir über den Körper gelaufen. Der Lenz aber hat laut aufgelacht und keck geschrieen: »Ah, dumm's Zeig, saudumms! Dös is lauta Schwindl! I glaab gor nix mehr! ... Dös siechst ja, daß dö Oblaten koan wos macha konn!«

Der Maurus hat ihn sonderbar angeschaut, ich auch. Er ist trotzig weitergegangen und wir mit ihm.

»Dö andern braucha's grod it wissen, daß i Brezn gfressen hob«, sagte er zu uns halblaut. Und wie ich meinte, es könne ihm aber doch noch später einmal was passieren, ein Unglück oder sowas ähnliches, da hat er wiederum gelacht und gesagt: »An Scheißdreck! Jetzt hot er's, der damisch Pfarra!«

Zwei und drei Wochen, ganze lange Monate sind verlaufen. Dem Lenz ist gar nichts zugestoßen und er hat immer vor der Kommunion Brezen gegessen und gespöttelt über das saudumme Glauben. Und da – da hab auch ich angefangen, nichts mehr zu glauben. –

Das Christbaumversl

D as werden viele nicht ganz genau wissen, warum eigentlich in
meinem Heimatdorf Berg am Würm- oder Starnbergersee der
König Ludwig II. selig so lange und so nachhaltig unvergessen geblieben ist. Sie meinen natürlich, daß das bloß daher kommt, weil
wir als die Nächstbeteiligten ganz einfach eine unverwüstlich treue
und anhängliche Bayernseele besitzen, aber Schnecken! Das kann
nicht mehr ganz unwidersprochen bleiben. Überhaupt, es sind da so
eine Masse Irrtümlichkeiten in dieser verschleierten Angelegenheit,
daß das jetzt endlich einmal aufhören muß! Dem Ludwig selig seine
Unvergessenheit ist zum Beispiel auch nicht davon gekommen, weil
er eine beliebte Persönlichkeit und ein so wunderschöner Mensch
gewesen ist. Da stimmt auch schon wieder was nicht. Es ist hinwiederum erst recht nicht wahr, daß wir an ihm bloß deswegen so
hängen, weil er vielleicht mit dem hintervotzigen Gudden von den
Berger Gestaden aus in die herrlichen Fluten des nächtlichen Sees
gesaust ist und dort beiderseits den Tod gefunden hat, wenngleich
infolgedessen von da ab bei uns ein sehr geschätzter Fremdenver-
kehr in Schwung gekommen ist. Ich meine, man muß da, wenn man
alles anschaut, schon gerecht sein! Es muß einmal gerade herausge-
sagt werden, was denn eigentlich für uns Berger das Zugstück zur
Verursachung einer solchen Unvergeßlichkeit gewesen ist. Nämlich
eine unbekannte Frau – ich möchte aber schon bitten, daß die vor-
eiligen Leute bei dieser ernsten Angelegenheit nicht gleich an gehei-
me Liebesgeschichten und ähnliche Sauereien denken, die wo der
Ludwig nie mögen hat, und erhebe deswegen energisch den war-
nenden Finger! – nämlich also diese höhergestellte Unbekannte hat
anno 86 eine Stiftung gemacht, derzufolge wir Berger Kinder alle
Jahre bei einer eigenen Gedenk-Christbaumfeier beschenkt wurden.
Es läßt sich also denken, daß eine so mildtätige Sache auf unsere
Ludwigs-Anhänglichkeit am meisten gewirkt hat. Erstens haben

wir als einzige Bäckerei und Konditorei am Orte eine Unmasse Gebäck liefern müssen, zweitens hat der Metzger von Aufkirchen für die Feier korbweise Würste und Fleisch angebracht, drittens hat der Gärtner für die Ausschmückung des Saales seine Einnahme gehabt, viertens ist bei dem Wirt, wo alles stattfand, ein Geschäft gegangen, das wo sich verschiedene gewünscht hätten, und endlich fünftens hat jedes Kind zwei Paar Dünngeselchte gratis gekriegt, hernach einen vollbehangenen Christbaumzweig, außerdem ein Kleidl, ein Paar Strümpfe, Spielsachen, schöne Rosenkränze oder ein Gebetbuch, und wenn eines davon ein Gedicht aufgesagt hat, sind ihm bare 50 Pfennig stiftsgemäß ausbezahlt worden. Sowas kann man doch gewiß einen reellen Segen heißen, und wenn – was selbstredend dazugehörte – der hochwürdige Herr Pfarrer und der Bürgermeister ihre Reden, die wo alle Jahre gleich waren, mit den schönen, erhebenden Worten beendet haben: »Und so thronet seit anno 86 Seine Majestät, unser unvergessener Bayernkönig Ludwig der Zweite, im Himmel droben an der Seite Gottes und schaut heute mit besonderer Liebe auf uns Berger und auf euch Kinder herab, denen er das Christkind geschickt hat, auf daß wir einstimmen – Seine Majestädt, König Ludwig der Zweite, er lebe hoch! Hoch! Hoch!«, da war natürlicherweise keine Auge nicht trocken, und jeder hat »Hoch!« geschrien, daß der ganze Saal gezittert hat.

Jetzt muß ich aber doch zu der schönen Geschichte kommen, die wo meinem Bruder Lenz und mir einmal bei so einer Christbaumfeier passiert ist und welche eigentlich der Ausgangspunkt meiner sinnigen Ausführungen gewesen ist. Als Berger hat uns der Lehrer natürlicherweise auch immer angehalten, wir sollten ein Gedicht aufsagen dortselbst. Aber das Fufzgerl hätten wir schon gern mögen, hingegen das Aufsagen nicht, weil uns das Auswendiglernen so zuwider gewesen ist. Infolgedessen haben wir, wenn der Lehrer streng gefragt hat: »Na, ihr Grafs seid wohl wieder zu faul zum Lernen! Schämt euch! Graf Lorenz, Graf Oskar? Will einer von euch ein Gedicht lernen?« immer darauf geantwortet: »Wir müssen zuviel arbeiten, Herr Lehrer. Unser Vater hat gesagt, mir haben keine Zeit nicht.«

»Jaja, das kennt man schon! Setzt euch, ihr Faulpelze!« hat alsdann der Lehrer geschimpft und ein rechtes Gesicht gemacht. Das ist auch nicht schön gewesen.

Einmal aber, wie uns der Lehrer wieder geschimpft hat, sag' ich zu ihm: »Herr Lehrer, ich möcht schon ein Gedicht aufsagen, aber mein Bruder Lorenz muß mitreden.«

»Mitreden? ... Wie meinst du denn das?« hat der Lehrer barsch gefragt. »Wollt ihr vielleicht alle zwei miteinander ein Gedicht aufsagen?«

»Ja«, habe ich schüchtern gesagt und bin rot geworden.

»Gut, meinetwegen! Dann müßt ihr halt miteinander eins lernen und es zu zweit sagen, meinetwegen!« drauf der Lehrer: »Setz' dich!«

Auf das hin hat er uns in die Vortragsliste zur Christbaumfeier in Berg eingeschrieben. Es ist noch eine ganze Woche hingewesen. Mein Bruder Lenz hat mir ewig gesagt: »Du damischa Hund, du damischa! ... I lern' nix!« und ist mir stockfeind gewesen. Hinwiederum aber, wie ich geweint habe, hat der Vater gefragt, warum? Und da habe ich es ihm gesagt, weil ich nicht mehr gewußt habe, wie ich den Lenz dazu bringen könnte.

Der Lenz hat gejammert: »I konn gor nix auswendi lerna! I mog it ... I scheiß' auf dös Fufzgerl!«

Mein Vater aber war kurz bei der Hand und hat gesagt: »Ah, do werd's awai Gschichtn macha ... Do sogt's einfach a Versl, dös wos'ds scho kinnt's! Aus!«

Also gut, die Woche ist verstrichen, der Lehrer hat uns am Christbaumfeiertag noch kurz gefragt, ob wir unser Gedicht auch können und wir haben »Ja« gesagt.

Die damalige Christbaumfeier war schon ganz was Besonderes, denn um dieselbige Zeit haben wir einen Hilfslehrer gehabt, der wo ein sehr großer König-Ludwig-Verehrer war. Der hat der Heinzeller-Marie eigens ein Gedicht gemacht, und dieses hat ihm alsdann die Strafversetzung eingetragen, weil es – wie die Leute gesagt haben – gegen den Prinzregent Luitpold gegangen ist, und weil ein Verräter den kühnen Dichter bei einer höheren Stelle deswegen angeschwärzt hat. Die Heinzeller-Marie ist vor uns gekommen, und das war ihr Gedicht:

»Kennst du das Land, wo König Ludwig lebte?
Im dunklen See sein edler Geist entschwebte?
Berg und das Bayernvolk ihm ewige Treue schwor,
denn er allein führt uns zum Licht empor!
Uns schwebt ein hehres Bild voran, umkränzt von Edelweiß,
und ewig flüstert eine Stimme leis:

›Er lebt noch heut' trotz Monument und Kränze,
nur zählt er heute zirka 61 Lenze.‹
Der wahren Liebe bleibet nichts verborgen,
Drum weinet nicht und wartet auf den treuen Ludwig,
bald schlägt die Stund' und bald der wahre Bayernmorgen,
wo überall im Lande lacht das freud'ge Königsglück!«

Ich muß schon sagen, daß das eine furchtbare Begeisterung hervorgerufen hat, und da hat sich wieder einmal deutlich gezeigt, was ich am Anfang ausgeführt habe und was ein echtes Bayernherz ist. Der Hofgärtner und der Schloßverwalter, die haben zu munkeln angefangen. Natürlicherweis', sie haben ja von demselbigen Prinzregenten Luitpold ihre Gehälter gekriegt, und da mußten sie das Maul nach dem Wind drehen, aber der Benglferdl hat ganz recht gehabt, wie er geschrien hat: »Wohr is's scho, aba sogn soit ma's net ... Der Ludwigl lebt heunt nu ... Dö Schlawina sogns bloß it, wo er is!«

Es war schon direkt rebellisch, aber jetzt hat der Lehrer uns aufgerufen, und da ist es wieder ruhig geworden. Mein Bruder Lenz und ich sind auf das Podium zugegangen, hinaufgestiegen, geschnauft haben wir vor lauter Aufregung, und endlich habe ich angefangen: »Ich hatt' einen Kameraden ...« Mein Bruder aber hat erst bei der zweiten Zeile mitgeredet und auf einmal zu singen angefangen: »Einen bessern find'st du nicht!« Und das hat mich und ihn drausgebracht, wir haben gestottert, alsdann haben alle zu lachen angefangen, und der damische Lehrer hat uns gewinkt, wir sollen schauen, daß wir herunterkommen. Das war alles.

Ein Fufzgerl haben wir nicht bekommen, und der Lehrer hat uns wiederum »Faulpelze« geheißen, aber das Rebellische hat sich auf unseren Vortrag hin ganz und gar gelegt gehabt.

Wie ich das Kaisersemmelwirken gelernt habe

D as Schwimmen hab ich aus Angst gelernt, das Kaisersemmelwirken aus Wut. Nämlich als ich mit sieben Jahren noch nicht
schwimmen konnte, packten mich meine zwei älteren Brüder Maurus
und Lenz einfach und warfen mich vom Dampfschifflandungssteg in
Berg ins Wasser. Was blieb mir anderes übrig, als zu zappeln und um
mich zu schlagen, um nicht unterzugehen. So also wurde ich Schwim-
mer.

Ja, und das Kaisersemmelwirken? Da war ich schon dreizehn Jahre alt, ging in die erste Klasse der »Sonn- und Feiertagsschule« und
mußte, wie das bei uns alle Brüder durchgemacht haben, nachts in
der Backstube mithelfen. Die ganze Nacht mußte ich Semmeln »her-
pressen« und »schleifen«. Eines Nachts verschlief der Schießer (erster
Geselle, der das Brot in den Ofen schießt), und noch dazu war es an
einem Samstag, wo die Arbeit sowieso am meisten war. Sommers fingen wir bereits um neun Uhr abends an, diesmal aber war es schon
zwölf Uhr geworden. Kein Wunder also, daß es da mit wahrer Höl-
lenhast losging. Der Mischer (zweiter Geselle, der den Teig macht)
stürzte sich in den Teig und arbeitete ihn heraus. Der Schießer trieb
mich an wie einen Rekruten. Alles mußte gerade so fliegen. Keine
Vesperpause wurde gemacht, jede Minute mußte ausgenützt werden,
denn um vier Uhr in der Frühe kam bereits meine Mutter zur Stiege
herunter und wollte die fertigen Semmeln, Eierweckeln, Kaisersemmeln, Hörndl und Bretzen haben, um sie in die verschiedenen Körbe
zu zählen. Kurz und gut also, in dieser Nacht brummte der Schießer
in einem fort auf mich ein: »Herrgott, wenn man von einem so win-
digen Bäckermeistersöhnchen auch was verlangen könnte! ... Grad
aufgehalten bist du damit!«

Der Mischer sekundierte seinem Kollegen kräftig, indem er erst
recht schimpfte: »Ja, sowas steht bloß im Weg! Kannst keine Arbeit
verlangen. Was er angreift, der Kerl, verpfuscht er, und unsereins

kann sich doppelt plagen dafür!« Wenngleich ich in jener Nacht herumrannte und werkelte, daß mir der Schweiß in wahren Bächen herunterrann, ich konnte einfach nichts recht machen, ich war einfach der »Aufhalter«. Wenn einer aber tut, was in seinen Kräften steht und so gar kein gutes Wort, gar kein Lob kriegt, dann wird er langsam giftig. Und noch etwas ist genau so wahr: Wenn einer sich recht eilen will und wie ein Irrsinniger rennt und jagt, passiert ihm sicher obendrein noch ein Unglück.

Dies blieb mir auch in dieser Nacht nicht erspart. Als ich aus der Mehlkammer das Mehl für den Brezenteig holte und – weil der Schießer schon wieder so antreiberisch schrie – mit einer Butte voll in die Backstubentür hineinrannte, stolperte ich, fiel hin und – sst! – strömte das Mehl aus der hingefallenen Butte, buchstäblich wie unaufhaltsame Lava. Und ich natürlich mitten hinein.

Jetzt ging das Geschimpfe erst recht an, und das machte mich zuletzt direkt bissig. Nachdem das Gewitter all der Flüche wieder etwas verrauscht war, und der Mischer das Dampf (gährender Vorteig) für den Brezenteig gemacht hatte, ging das Kaisersemmelwirken an. Ich mußte unterdessen dem Schießer draußen die vollen Semmelbretter zum Ofen hintragen und, wenn wieder ein Brett voll Kaisersemmeln fertig war, dem Mischer ein neues hinbringen.

»Da! ... Wenn'st ein Kerl wärst und nicht ein solcher Nichtsnutz, nachher tät'st schon lang Kaisersemmeln mitwirken!« knurrte mich der an und warf mir eine »gegangene« runde Semmel hin. Ich knirschte über diese gehässige Verächtlichmachung und ging diesmal nicht so wie sonst an die andere Tragtafel, um an diesem Stück meine Versuche anzustellen. Ohne ein Wort stellte ich mich neben den Mischer, ganz keck, daß dieser fast ein wenig stutzte und schließlich kurz und schroff sagte: »Na, was willst du denn?«

»Wirken!« preßte ich heraus, und er mußte hämisch lachen.

»Ja, tja! Verpfusch nur wieder alles und halt mich auch noch auf!« brummte er, ließ mich aber doch gewähren.

»Ich halt Sie gar nicht auf!« erwiderte ich tollkühn und packte eine runde Semmel auf dem Brett, schon gewärtig, daß eine Ohrfeige abfiel. Aber der Mischer, wahrscheinlich weil er's eilig hatte, wirkte weiter. Jetzt schoß mir der Mut ins Hirn. Resolut tunkte ich meine teigige Semmel in das kleine Mehlhäuflein und klatschte sie ganz breit; entschlossen drückte ich den Daumen auf die platte Fläche und – eins, zwei, drei, vier, fünf – zog ich die Büge drüber, zog den Daumen heraus und stopfte das Ende kittend zusammen. Siehe da, meine erste, einwandfrei gewirkte Kaisersemmel war fertig. Wut und verletzter Stolz, siedheißer Grimm und Selbstwehr wegen unverdienter Erniedrigung hatten vollbracht, was mir bei kühler, ängstlicher, probiererischer Überlegung wahrscheinlich erst nach langer Übung gelungen wäre. Noch in dieser selbigen Nacht wirkte ich mit dem Mischer um die Wette, und von da ab stand ich, gleich ihm, stolz an der Tafel – ein Kaisersemmelwirker par excellence.

Der rote Kaschpa

K asper Pflanzelter ist mein erster Bäckerschießer gewesen. Sieben
Jahre war er bei uns und hat schon fast zur Familie gehört. Weil er
rothaarig war, haben wir ihn den »roten Kaschpa« geheißen. Er war
nicht im mindesten eingebildet, sehr verträglich und äußerst gutmütig. Gern hat er auch bei den sonstigen Hausarbeiten mitgeholfen, so
zum Beispiel beim Kälberziehen und beim Heuen im Sommer. Als lustiger Mensch ist er keinem Spaß auf die Seite gegangen, jeder hat ihn
gern mögen, tüchtig war er und ein ausgezeichneter Bäcker. Leider
war ich nur einen Sommer lang sein Lehrling, denn er hat zur selbigen
Zeit von uns weggeheiratet.

Zwei Sachen aber gab es, die diesen gesetzten Menschen vollkommen aus aller Ruhe bringen konnten: ein Gewitter und volle Obstbäume.

Er, der Mischer und ich schliefen zu dritt in einer Kammer. Meistens
kurz nach dem Mittagessen legten wir uns nieder, denn im Sommer,
wenn das ganze Dorf voller Herrschaften war, mußten wir schon um
acht Uhr abends unsere Nachtarbeit anfangen. Wehe aber, wenn grade
an einem solchen Nachmittag ein Gewitter niederging. Da nämlich
weckte uns auf einmal ein furchtbares Gepolter und Geschrei aus dem
schönsten Schlaf. Der Mischer schreckte auf, ich genau so und – am
Fenster stand der rote Kaschpa, warf wie verrückt die Arme, schnaufte wie ein Roß und schrie in einem fort laut in die gewitterige Luft
hinaus: »Tja-jaja! Ja, is's denn meegli! Is's denn meegli! Ja-ja, ja, es ist
ja ganz aus! Tja, is's denn meegli, daß's sowas gibt! Tja aiso dös is ja
doch scho dengerscht ganz aus! Is's denn meegli, hmhmhm!« Er war
völlig außer Rand und Band, er rannte im Zimmer hin und her und
wieder ans Fenster, er schrie und bellte und achtete auf nichts – ob
der peitschende Regen oder der prasselnde Hagel zum Fenster herein-
schlug, ob er durch und durch naß wurde dabei, ob die Dorfleute sich
darüber beschwerten, daß er so »unsittlich« vor dem Fenster herum-

geisterte, ob das ganze Haus zusammenlief und erschrocken fragte, was denn los sei – er gab nicht an, er schmiß die Arme, polterte und plärrte so lange, bis das Gewitter endlich vorüber war.

»Ja-tjajjjajaja und jetz kracht's nu aa! Tja, is denn jetz sowos übahaaps meegli! Hmhmhm!« wiederholte er stets und ständig und schüttelte dabei den Kopf, als hätte er sowas noch nie erlebt. Und wohlgemerkt, das ereignete sich jedesmal! Und stets mit der gleichen Heftigkeit! Es war unerfindlich, warum, aber es w a r ganz einfach so. Der letzte Donner, der letzte Blitz, der aufhörende Regen – und der rote Kaschpa war wiederum ein ganz ruhiger, normaler Mensch. Er blieb noch einige Augenblicke stehen, der Mischer wollte ihn was fragen, bekam aber nie eine Antwort, der Kaschpa murmelte kurz: »Jetz hot's auf'ghärt«, und schwang sich ohne weiteres pudelnaß ins Bett. Kurz darauf schnarchte er wieder friedlich wie immer ...

Die noch ärgere »Sucht« vom Kaschpa war das allnächtliche Abräumen voller Obstbäume im Sommer. Wenn er so etwas im Sinne hatte, merkten wir es schon gleich, nachdem wir die Arbeit angefangen hatten. Der Kaschpa hetzte auf einmal, sagte wenig oder gar nichts und war höchst unruhig. In den Gärpausen konnten wir geruhig Brotzeit machen und uns eine Viertel- oder halbe Stunde hinlegen, aber zur Zeit der ersten Obstreife hielt es den Kaschpa einfach nicht. Er mußte in die fremden Gärten, er ließ sich kaum Zeit, seine Wurst und sein Bier hinunterzuschlingen, auf und los ging er, und selbstverständlich, was der Schießer macht, tun Mischer und Stift (Lehrling) auch.

»Also weita, flink, los, flink, flink, daß ma fürti werdn! Wundaschö san's, an Kern seine Alexanda-Äpfi«, hastete er bei solchen Gelegenheiten heraus, und er nahm die Leiter, wir Sack oder Korb, mit direkt meisterhafter Geschicklichkeit wurde der betreffende Baum geleert, heimkamen wir schwer beladen und versteckten unsere Beute meist zutiefst im Heu droben.

Kurz vor seinem Weggang aber passierte uns beim Obststehlen was, das dem Kaspar wirklich alles verleidete. Als wir nämlich gerade den dichtbewachsenen Spalierbirnbaum vom Moarbauern behutsam abräumten, ergoß sich auf einmal eine mächtige, dicke, stinkende Flut über uns, daß der Kaschpa fast von der Leiter brach. Und schon fing es droben zu lärmen an. Wir waren so baff, daß wir in den ersten Augenblicken einfach einhielten wie begossene Pudel, alsdann aber rannten wir in wilder Flucht auf und davon. Daheim kamen wir an – es läßt sich nicht beschreiben, wie wir ausschauten und wie wir stanken. Fast eine ganze Stunde haben wir selbiges Mal mit unserer Reinigung gebraucht, und das Brot ist vollkommen vergangen. Ärger gab es am andern Tag, ganz trübselig war der Kaschpa, und ein Gespött ist rundherum durchs Dorf gegangen, daß sich der gute Schießer gar nicht mehr sehen lassen hat können.

Jahrelang noch, wenn man auf den roten Kaschpa zu reden gekommen ist, hat jeder gesagt: »Jaso, du moanst an Obstla? ... Ah den, den wo der Moar mit'n Odl taaft hot!« –

Eine pappige Wette

Wie der rote Kaschpa bei uns gewesen ist, da haben wir oft bei der Nachtarbeit gesungen, wenn uns der Schlaf in die Augen gestiegen ist. Arg weit her ist es damit nicht gewesen, der Kaschpa hat bloß mitgebrummt, der Mischer hat geplärrt wie ein Kater und ich auch. Außerdem haben wir auch ganz seltsame Bäckerlieder gesungen, die wo ich später nie wieder vernommen habe. Der Text war meistens sehr sauisch oder ganz einfältig, und ich glaube fast, der Kaschpa hat diese Lieder selbst zusammengebracht und einfach irgendeine Melodie dafür benützt. Solche Melodien waren melancholisch und klangen fast einschläfernd, aber sie haben uns trotzdem munter gemacht. Wenn ich an diese Lieder denke, fällt mir auch immer die traurige Geschichte von unserem damaligen Mischer, dem Lochner Hans, und der Kramermarie ein.

Die Kramermarie war ein sauberes Weibsbild, ein Gesicht wie Milch und Blut hat sie gehabt, dazu dichtes schwarzes Haar, ewig war sie lustig und immer adrett beieinander. Die Mannsbilder haben sie gern gesehen, und drum hat sich auch unser Mischer gleich in sie verliebt und das erst wie.

Die Marie hat bei uns immer die »Säur« geholt, wenn sie bei ihr daheim Bauernbrot gebacken haben. Jedesmal ist sie mit ihrer großen Emailschüssel zu uns in die Backstube gekommen, und der Mischer hat ihr den Sauerteig gegeben. Wie sie das erstemal dagewesen ist, hat der Hans zum Kaschpa gesagt: »Herrgott, mei Liaba, dös is a gschmocha Brocka! Dö muaß mei ghärn.« Der Schießer hat lachen müssen und sagt zu ihm: »Dö ... Dö kriagst net, Hans ... Dö geht mit'n Boda vo Aufkirch' ... Do bleibt dir da Schnobi sauba ...« Aber der Hans hat sich geprotzt, was er bei den Weibsbildern für ein Glück hat und gemeint hat er, auf sowas braucht man sich bloß verstehen, er wettet, daß er die Marie kriegt.

»Wettn?« hat der Kaschpa gemütlich gefragt: »Wettn mächt'st aa no? ... Do verlierst, Hans ... Do verlierst absalut.«

»Mein' ganzn Wochalohn wett i!« sagt der Hans keck und kühn, und weil er nicht nachgelassen hat, ist halt der Kaschpa drauf eingegangen. Ich bin dabeigestanden und habe den Zeugen machen müssen. Abgemacht haben die zwei, in einem Monat muß die Marie dem Hans sein Schatz sein.

»Guat«, sagt der Kaschpa, »do bin i ja neigieri ... I vergunn dir d'Marie, aba i glaab oiwai, du host danebn ghaut.«

»Ah! ... Dös loss nu mei' Sach sei!« hat der Hans gemeint, und alsdann ist also der Kampf angegangen.

Wie die Marie das nächstemal zum Säurholen gekommen ist, hat der Hans recht draufgängerisch das Scharwenzeln angefangen. So eine hübsche Person sei sie und sowas Junges und Lebfrisches, sagt er zur Marie, und gemeint hat er, er als Bäckermeisterssohn vom Gebirg droben täte daheim einmal das Geschäft kriegen, und da brauchert er ein solches Weiberl. Der Kaschpa und ich sind draußen vor dem Backstubenfenster gestanden und haben insgeheim gelust. Es ist uns auch vorgekommen, als wie wenn die Marie das alles ganz gern hört, lachen haben wir sie hören, und ganz einnehmend hat sie gesagt: »Soso, an Gebirg drobn hobn Eahnane Leit a Gschäft? ... Ja, ja, do muaß's schö drobn sei ...«

»Wundabar«, sagt der Mischer, und ein bissl leiser hat er dazugesetzt: »Du, Marie? ... Lang derfert i di fei it o'schaugn, do wererds mir ganz anderscht.«

Die Marie hat wiederum gelacht und zweiflerisch gesagt: »Geh! Schmusa!«

»Nana, auf echt, Marie!« sagt auf das hin der Hans und fragt sie direkt: »Wos tat'st jetz zu mir sogn, Marie ... I glaab mir gaabn a schön's Paarl o.«

»Geh! Jetzt härst aba auf, süaßmäuliga Bazi!« ist die Marie schon ins Duzen gekommen, was bei den Bäckergesellen im Dorf nicht der Brauch gewesen ist. »No«, meint der Hans, »oit, moan i, brauch i it werden ledi ... Du konnst dir's ja no übalegn, Marie.«

»Tja, hahaha ... hahaha! Jetz schaug den net o! Du machst ös aba wüati!« hat die Marie gelacht und ist gegangen. Wir sind schnell draußen vom Fenster weg, und wie wir in die Backstube kommen, sehen wir den Hans, wie er der Marie allerfreundlichst nachschaut. Die Marie hat sich auch einmal nach ihm umgeschaut und das hat, scheint's, dem Hans die Hoffnung gegeben.

Mit einer mehr oder minderen Spaßhaftigkeit hat die Geschichte angefangen, aber dem Hans ist alles auf einmal in den Kopf gestiegen, er ist ernst und fahrig geworden, und sein Ein und Alles war plötzlich die Marie. Die ist aber grad um dieselbige Zeit nicht gekommen, und da hat er ihr einen Brief geschrieben. Der Kaschpa hat ihn verspottet, aber der Hans ist ganz verlegen geworden, es war nichts mehr zu machen mit ihm. Endlich an einem Tag sehen der Schießer und ich die Marie wieder mit der Schüssel auf der Dorfstraße dahertrippeln.

»Haut scho! ... Loß di net sehng!« sagt der Schießer zu mir und zieht mich hinters Hauseck. Wir haben gewartet, bis die Marie bei der Haustüre drinnen gewesen ist und uns alsdann wieder vor das Backstubenfenster gedrückt. Das ist, wie immer im Sommer, auch diesmal offen gewesen.

»Marie«, hören wir den Hans viel dringlicher sagen: »Marie? ... Host mein Briaf kriagt?«

»Ja ... Scho, ja, ja«, sagt die Marie. Es sind ein paar Augenblicke vergangen und da hat der Mischer auf einmal wie gekeucht gesagt: »Marie? Marie! Sog hoit wos? ... Wos sogst d' denn zu mein'n Briaf? ... Red hoit!« Wir haben seine Schlappschuhschritte gehört auf dem Backstubenboden und wie die Marie gesagt hat: »Geh, Hans! So geh doch, wos wuist d' denn jetz?«

»Marie! Marie, i hob di ja sovui gern ... Laaf doch it oiwai weg, Marie!« hat der Hans halblaut gesagt und wieder haben wir ihn trappeln hören: »Geh! Geh hoit her zu mir! ... I moan's doch echt.«

»Mei Ruah loß ma, sog i! ... Wos bildst dir du denn ei, Hans! I wui dir doch nix!« weist ihn die Marie ärgerlicher zurecht und schon wieder ein bißl lustiger sagt sie gleich drauf: »Nana Bruada, mir derwischst it!«

Da muß es dem Hans zu dumm geworden sein, vielleicht hat er auch an seine Wette gedacht, kurz und gut, auf einmal haben wir ein Balgen in der Backstube drinnen gehört und: »Aba Hans! Hans? Geh, so nimm di doch z'samm! ... Loß mir doch mei Ruah!« hat die Marie sich verlauten lassen und dringlicher dazugesetzt: »Du waarst ja glei a ganza Scharfa!«

»A Bussei, Marie! A oanzigs Bussl wennst ma bloß gibst, Marie! ... Ma-rie, Maha-arie, i konns nimma aushoitn, Ma-harie!« keucht der Hans und: »Nanana, Freunderl, nanana, mi kriagst it!« hören wir die Marie keck spötteln, wiederum wimmert der Hans ganz wehleidig und: »Do host ös, dei Bussl!« schreit die Marie, einen Patscher tut es, einen Kracher, einen stumpfen Schreier hören wir und gleich darauf ist die Marie bei der Haustür heraus und heimgesaust. Flugs sind wir in die Backstube hineingelaufen und was sehen wir da?

Hellauf hat der Kaschpa geschrien, das ganze Haus ist zusammengelaufen, und alle haben wir uns gebogen vor Lachen, der Kaschpa, ich, meine Mutter, meine Schwester und sogar der Max. Der Hans nämlich ist dagestanden, um und um dappig und pappig, hat nicht mehr aus den Augen schauen können und sein Maul nicht mehr aufgebracht, ein einziger tropfender Säurbatzen ist sein ganzer Kopf gewesen und auf dem Boden ist die Säurschüssel von der Marie gelegen, aber leer.

»Tja! Hahaha, jetz sowos. Tja-jajaja, hahahahaha!« haben wir alle miteinander bloß immer lachen können. Der Hans ist in seinem Gesicht herumgefahren, geschnuft und geblasen hat er wie ein Roß, das wo Kolik hat, und die größte Gaudi hat es gegeben. Alsdann, wie er sich gewaschen hat, ist der Mischer ganz bärig geworden, geschimpft und geflucht hat er auf Hautsdrein, und wenn ihn auch alle verspottet haben, gesagt hat er, die Marie muß ja doch noch ihm gehören.

Da ist ihm aber wirklich der Schnabel sauber geblieben, denn von jetzt ab hat die alte Kramerin immer die Säur geholt und am andern Sonntag hat der Hans seine Wette bezahlen müssen. Er und der Kaschpa haben das ganze Geld versoffen und bei der Nachtarbeit waren sie voller Schlaf. Wehleidig und trübselig hat der Hans dreingeschaut.

»Hans«, sagt der Kaschpa zu ihm, »pfeif auf d' Weiba! ... S'Bier is wos vui gscheiters!«

Und schier traurig hat der Hans drauf gesagt: »Jaja, recht host, Kaschpa! Hätt i mir liaba jedn Tog an Rausch o'gsuffa, waar gscheita gwen.« Ihm sind fort und fort die Augendeckel zugefallen und dem Kaschpa auch, an der Trogtafel sind sie gehängt wie zwei ausgewundene Socken, hin und her sind sie gewankt unterm Semmelschleifen und da hat auf einmal der Kaschpa mit seinem brummigen Baß zu singen angefangen:

»Morgenro-o-ot! Abendro-o-ot!
D'Weiba san koa Fünferl we-e-ert!
Wenn a Beckagsell' an Schotz va-ehrt
und dö mog 'n net zon Mo-o-oh,

nacha sauft er si an Ra-ausch ooo!
Guat eingschänkte Maßkrüag' braucha koane De-e-eckl!
Jeda Becka backt ja doch sei We-e-eckl,
wenn er glei koa Madl ho-o-ot!«

Der Hans hat lahm mitgesungen und ich habe mich halbwegs der
Tonlage angepaßt. Traurig hat sich alles angehört, wirklich traurig.
Das Fenster ist offen gewesen. Sicher hat die Kramermarie uns vernommen oder auch nicht. Eine wunderschöne Nacht ist draußen gewesen und der Himmel war voller Sterne ...

Schier ein Mord

S elbigerzeit, in den ersten Wochen meiner Lehre unterm roten
Kaschpa, haben wir eine saubere Stalldirn gehabt, die hat Resl geheißen. Sie wird dreiundzwanzig Jahre alt gewesen sein, Tag für Tag
war sie lustig, hat jedes Mannsbild an der Nase rumgeführt und war
um so mehr begehrt. Bei der Resl ist fast jede Nacht gefensterlt worden,
ewig hast du die Burschen auf der Leiter vor dem Fenster der Dirnkammer wimmern hören, unser Hund und die Nachbarhunde haben
gebellt und gelärmt, mitunter hat unser Vater oder die Mutter das Fenster aufgerissen und zu schimpfen angefangen, die Burschen sind eine
Zeit lang still gewesen, aber dann ist alles wieder von vorn angegangen.
Eine richtige Nachtplage war dieses Fensterln. Oft hat der Vater dem
Schießer aufgetragen, er soll mordialisch gegen diesen Unfug vorge-
hen, aber die Burschen haben uns Obst gebracht, haben Bier bezahlt
und der Kaschpa hat sich infolgedessen blind und taub gestellt.

Damals aber haben wir einen Mischer bekommen namens Franzl,
und der hat vom ersten Tag an ein hübsch großes Auge auf die Resl
gehabt. Auch die Dirn hat ihn gleich mögen. Dem Franzl hat es infolgedessen jedesmal einen Stich gegeben, wenn ein anderer bei der
Resl gefensterlt hat. Voller Eifersucht war er, und eines Tages haben
wir ihn im Stall drüben sehr eingehend mit der Dirn reden gesehen.
Hernach ist er ganz aufgeräumt wieder in die Backstube herüberge-
kommen und hat gesagt zum Kaschpa, er muß ihm unter vier Augen
was sagen. Zu mir hat der Schießer gesagt, ich soll machen, daß ich
weiterkomme, und ich bin gegangen.

Der Tag ist vergangen, nachts um neun Uhr haben wir zu arbeiten
angefangen, wie immer waren unsere Backstubenfenster offen, heller
Mondhimmel war, wunderbar haben die Sterne geleuchtet, von allen
Gärten ist Blumenduft aufgestiegen, hinten im Hölzlweiher quakten
die Frösche, da und dort war noch ein Fenster hell, aber allmählich ist
es ganz still geworden. Mischer und Schießer sind heute ziemlich ein-

silbig gewesen und mich hat eine sonderbare Unruhe geplagt. So ists Mitternacht geworden, die Semmeln waren gezipfelt und gegangen, die Eierweckl auch und der Franzl und ich haben das Kaisersemmelwirken angefangen. Draußen am Ofen hat der Schießer eingeschossen und ich habe ihm von Zeit zu Zeit die Bretter zutragen müssen. Wie der Ofen voll war, ist auf einmal Kaschpa an der offenen Backstubentür aufgetaucht und hat zu mir gesagt: »So, Oskarl, du wirkst jetz dö Kaisersemml gor.« Alsdann hat er dem Mischer einen Wink gegeben und zu ihm gesagt, er kann gehen. In diesem Augenblick ist aber noch etwas viel Sonderbareres passiert, das wo mich ganz stutzig gemacht hat. Nämlich die Resl ist auf einmal völlig angezogen eilsam über die Stiege heruntergekommen, hat dem Kaschpa und Franzl gewinkt und die drei sind alsdann in die Mehlkammer vorgegangen. Ich habe innegehalten, habe gelust, und wie ich aufschau, sehe ich plötzlich wie der Franzl in einem langen, weißen Weiberhemd über die Stiege hinaufläuft und nicht mehr wiederkommt. Die Resl war verschwunden, bloß der Schießer ist bald darauf an seinen Ofen gegangen, hat die ausgebackenen Semmeln herausgezogen, ist hernach in die Backstube gekommen und hat mir beim Kaisersemmelwirken geholfen. »Mach no! Mach, daß ma nix versaama«, hat der Kaschpa mitunter gesagt und es ist mir gewesen, als wenn er hin und wieder gespannt lust. Nach einer Weile haben die Hunde gebellt und das bekannte Rumpeln und Leiterquietschen hat man hören können. »Aha, jetzt kimmt er«, wispert mir der Schießer zu: »Jetz paß auf, Oskarl! … Wenn der Kerl droben ist, ziagst einfach d'Loata weg oda du wirfst ös um … Paß aba gnau auf, bis er bei der Resl ihrem Fenster drinn' is, gell …« Ich habe sofort verstanden und mich sehr geehrt gefühlt. Ganz unauffällig haben wir weitergearbeitet, der Schießer ist zum Ofen hinaus, ich habe ihm wieder Bretter zutragen müssen, und die waren im Hausgang, in der Garb. Direkt über dem Hausgang ist der Resl ihr Kammer gelegen. Ich habe gepfiffen als wie wenn nichts wäre, bin stehen geblieben, habe gehorcht und richtig, droben ist das Fenster aufgegangen, der Bursch ist hineingeschloffen und in dem Moment habe ich der Leiter einen festen Schutzer gegeben, daß sie krachend umgefallen ist.

»Host ös?« fragt der Kaschpa und: »Ja!« sag ich.

»So«, hat jetzt der Schießer eilsam gesagt: »Jetz paß auf d' Semmeln in'n Ofa auf, schnell!« Alsdann ist er aus der Fußgrube und über die Stiege hinauf. Ich bin dagestanden und habe aufgeregt und neugierig gehorcht. In der Dirnkammer droben hat es gepoltert und gerumpelt und ab und zu habe ich auch ein paar stumpfe Schreier gehört, auf einmal hat die Türe droben gequietscht und schnaufend und keuchend haben der Kaschpa und der Franzl einen Menschen, vollkommen in das weiße Leintuch eingeschlagen und mit dicken Stricken auf ein Brett gebunden, über die Stiege heruntergetragen. Schleppen und schleppen und tragen das lange Ding aus dem Haus. Die Hunde haben wieder arg gebellt, ich bin fast geplatzt vor lauter Spannung und endlich sind der Schießer und Mischer wiedergekommen. Jedem ist der Schweiß heruntergelaufen wie einer Sau, jeder ist wieder an seine Arbeit gegangen, der Kaschpa an den Ofen, der Mischer in die Backstube zum Kaisersemmelnwirken und – auf einmal geht die Resl lachend über die Stiege hinauf. Der Franzl hat ihr lustig mit den Augen zugezwinkert, das war alles.

»Wos is's jetz? ... Wos hobt's denn gmacht?« habe ich es endlich nicht mehr aushalten können und mich beim Franzl erkundigt. Der hat mich belobigt für das schöne Leiterumschmeißen und, sagt er, ob ich einmal eine Leich sehen will.

»Wos? ... A Leich?« habe ich gruslig gefragt und bin blaß geworden, kalt ist es mir über den Buckel hinuntergelaufen und große Augen habe ich gemacht.

»Jaja, draußen auf da Straßn liegt a Leich ... Schaug no noch, wennst dir traust«, hat der saukalte Franzl gesagt und mir ist immer unheimlicher geworden, aber meine Neugier und vor allem, weil ich kein Feigling sein wollte, haben doch gesiegt.

»Is gwiß wohr?« habe ich noch einmal gefragt und da hat auch der Kaschpa vom Ofen hereingerufen:»Jaja, schaug dir'n no o ... Maustot is er, der Hundling ... So gehts dö Bazin, wenn sie 's übatreibn ... Jetz is's üns amoi z' dumm wordn.« Und auf das hin bin ich auf die Straße. Mondhell wars und wirklich, da ist die weißeingeschlagene, reglose Leiche gelegen. Ich habe gar nicht genau hinschauen mögen und ganz blaß bin ich in die Backstube zurückgekommen. Angst und bang war mir und schon habe ich mir die ärgsten Sachen ausgemalt, den Gendarm, der kommt, unsere Gesellen mitnimmt und einsperrt, alsdann den Prozeß, wo ich schwören muß und hernach wird den zwei Mördern der Kopf heruntergehauen. Wie man nur grad da so fidel bleiben kann, denk' ich mir, weil der Kaschpa und der Mischer gelacht haben, und die ganze Nacht bin ich ängstlich gewesen.

»Tja-ja, morgn werd er eingrobn«, hat einmal der Kaschpa wie für sich gebrummt und todernst hat er dreingeschaut. Der Franzl hat mich dabei schief angeschielt. So ist die Zeit langsam verlaufen. Auf einmal aber – kurz vor dem Gebetläuten in der Frühe – ist auf der Straße draußen ein Lärmen angegangen, geschrien und gelacht haben die Leute und auch wir sind hinaus und da hat sich endlich gezeigt, was das für ein »Mord« war. Nämlich wie der Kernaller die Stricke aufgebunden und das Leintuch heruntergenommen hat, ist auf einmal der geknebelte Gerhacker-Hausbursch zum Vorschein gekommen, hat sich das zusammengeballte Sacktuch aus dem Maul gerissen und wollte gleich wie ein Narrischer auf unsere Gesellen los, wenn er gleich im Hemd gewesen ist. Aber die Leute haben gelacht und gelacht und der rote Kaschpa gibt ihm einen Schutzer, daß er weit weggefallen ist.

»Wart no! Derstecha tua i enk oi zwoa!« schreit der damische Kerl. Wir aber sind wieder ins Haus und eine Mordsgaudi war überall. Der Gerhacker-Hausbursche hat auch am nächsten Sonntag beim Wiesmeier drunten das Messer gegen den Kaschpa und den Franzl gezogen, aber die haben ihn so gehaut, daß er eine ganze Woche mit dem geschwollenen Kopf herumgelaufen ist. Er hat sich schließlich so geärgert, daß er von seinem Dienst weggelaufen und nicht mehr gekommen ist. Von da ab aber hat das Fensterln bei der Resl aufgehört.

General Vogl

Ich war schon ein Jahr aus der Werktagsschule und daheim Bäckerlehrling. Vor einigen Monaten war mein Vater gestorben und mein ältester Bruder Max, der erst kürzlich vom Militär heimgekommen war, trat an seine Stelle. Dieser Bruder war sehr streng und führte von Anfang an eine militärische Zucht ein. Er hatte von seiner Dienstzeit beim achten Infanterieregiment in Metz jene häufig auftretende Voreingenommenheit mitbekommen: ein Mensch sei nur etwas, wenn er stramme Haltung, Fixigkeit und bedingungslose Unterordnung zeige. Mein Vater war anders gewesen, direkt das Gegenteil von ihm. Der nämlich verfügte zeitlebens über eine ziemliche Menschenkenntnis, einen nicht gewöhnlichen Witz, ließ jeden leben wie er lebte, und wartete bei jedem Gesellen erst einmal dessen Leistung ab, um sich alsdann eine Meinung zu machen.

An einem jener Tage nun – es ging schon in den September hinein, die Sommerfrischler waren fort, die Arbeit wenig – verschlief unser Schießer, und ich natürlich auch. Es gab einen fürchterlichen Krach. Mir gab mein Bruder ein paar Watschen und der Geselle mußte gehen. Ich war einesteils froh darüber, denn gerade dieser Schießer prügelte mich oft und oft und war auch sonst ein mürrischer, nüchterner, humorloser Konsort.

Die Bäckerherberge in München schickte also, wie das üblich war, einen neuen Schießer. Nur einen einzigen und den erst am Austrittstag des gekündigten Gesellen. Sonst kamen oft drei und vier Bewerber, diesmal aber bloß dieser eine da.

Dieser Mann nun kam in unseren Laden und gefiel meinem Bruder Max gar nicht. Darum ließ er den Bewerber im Laden warten, ging in die Stube und telephonierte die Bäckerherberge an, ob denn gar kein anderer da sei. Nein, hieß es, absolut keiner. Finster hängte mein Bruder den Hörer ein und kam wieder in den Laden zurück. Herabmindernd musterte er den hageren, kleinen, grauhaarigen Schießer.

»Können Sie Zeugnisse aufweisen?« erkundigte er sich deutlich abweisend. Da aber geschah schon gleich etwas sehr Drolliges.

»Was meinen Sie? ... Zeignissn? ... Zeignissn meechtn Sie?« fing der kleine Graukopf fast heftig an und deutete mit seinem Zeigefinger auf seine eingefallene Brust: »Mein Name ist General Vogl, meecht' ich bittn! General Vogl, Ritter hoher Ordn, Herr Beekmeister! ... General Vogl, bekannt im ganzn Land, Inhaber des Max-Rindviech-Ordens und vieler anderner Auszeichnungen!« Heiser und ein wenig blechern klang seine Stimme, er redete geschwind und keuchte dabei. Er lachte nicht und bekam kleine rote Flecken auf seinen ausgezehrten Backen.

Mein Bruder war so baff, daß er im Augenblick gar nichts sagen konnte, er starrte kurz und furchte ärgerlich die Stirn, aber der Geselle schien im Zug zu sein und redete sofort wieder weiter: »Wie ich seh', bin ich hier unbekannt? ... Macht nichts, macht gar nichts! ... General Vogl schmeißt die Sache, Herr Beekmeister! ... Und – und wenns absolut sein muß, hier haben Sie meine Zeignissn, Herr Beekmeister! ... Der General Vogl, bitt' ich zu bedenken, ist der beste Beekg'sell, den wo's gibt ... Schluß, Punkt! Aus! Amen! ... Lassen's mir ihr Brot machn, Herr Beekmeister, und nachher redn wir mitnand ... Kostenlos, vorläufig ganz kostnlos, Herr Beekmeister, ganz risikolos!« Er schnaufte jetzt und mußte einhalten. Max hatte unterdessen die Zeugnisse überflogen und war noch erstaunter. Sie waren das beste vom besten. »Hm, hm«, räkelte sich mein Bruder, sagte: »Also gut, ich nehm Sie!« nannte den Wochenlohn und die sonstigen Bedingungen, aber der General Vogl schien für solch nüchterne Dinge überhaupt kein Interesse zu haben, er hörte gar nicht hin, beugte sich auf einmal weit über das Ladenpult und sprudelte noch viel flinker aus sich heraus: »Und wenn ich mir die bescheidene Bemerkung erlauben dürfte, Herr Beekmeister ... Ganz bescheidenerweise ...«

»Ja, Herrgott, jetz reden S' doch nicht einen solchen Unsinn daher!« wollte ihm Max barsch das Wort abschneiden, aber das war ganz ohne Erfolg.

»Wenn ich bescheidenerweise um das Silentium bitten dürft', Herr Beekmeister!« rief Vogl und schnaubte meinem Bruder ins Gesicht: »General Vogl hat drei Schulen mitgemacht: Ochs, Esl und Rindviech –«

»Ja, Herrgott!« wurde Max jetzt wütend und machte ein ungutes

Gesicht. Durch das laute Reden angelockt, waren Mutter, meine ältesten Geschwister und ich in den Laden gekommen und schauten ebenso erstaunt auf den ungewohnten Menschen, der nunmehr fuchelte und sich sofort an uns alle wandte.

»Ah!« sagte er leger und laut: »Wie ich seh', ist das gewiß die ganze Beekmeisterfamilie? ... Eine kreuzbrave Beekmeisterin, wie ich seh? Das laßt sich ja alles sehr nobl an!« Er machte eine strichhafte Bewegung mit dem Arm, schluckte und fuhr resolut fort: »Basta! ... Wird gemacht, Herr Beekmeister! ... General Vogl steht zur Verfiiiigung ... Ganz kostnlos vorläufig! Ohne Risiko!« Seine kleinen wasserblauen Augen glänzten, unerschrocken schaute er auf den mürrischen Max und dieser wandte sich an uns und dann an mich und sagte kurz: »Das ist der neu' Schiassa ... Oskar los! Zoag eahm d'Backstubn und führ ihn in sein Zimmer 'nauf ...«

Immer noch plappernd ging der mit mir in die Gesellenkammer. Damit nahm also alles seinen Anfang. Max sagte zwar, als ich kurz darauf in die Küche hinunterkam: »Der Kerl muaß sofort wieda weg, wenn Ersatz da ist«, aber es entwickelte sich alles ganz, ganz anders. Vogl nämlich war ein geradezu bewunderungswürdiger Bäcker. Ich mag mich erinnern so lang und so weit zurück wie nur möglich – schönere Semmeln, Eierweckln, Kaisersemmeln, Brezen und Wecken wie er hat keiner gehabt. Der gute Mann! Ich habe es nie wieder vergessen, wie wir die erste Nacht zu arbeiten angefangen haben.

»Siegfriedl«, begann Vogl, »also Siegfriedl, also Aloisl, also Oskarl! Laß' dir gleich was sagen! Mir zwei helfn z'samm, net wahr? No also!« Und damit begann er sozusagen eine belehrende Einstandsrede, die mich aber sofort für ihn einnahm. Alle früheren Gesellen hatten mich bloß von oben herab behandelt und viel geprügelt. Es war in jedem von ihnen so eine spürbare Abneigung gegen die »Bäckermeisterssöhnchen«, wie sie sich bis auf den heutigen Tag in Gesellenkreisen erhalten hat. Der General Vogl aber – ja, der! Der war grundanders. Wir arbeiteten gut zusammen, fast so wie zwei exakt ineinandergehende Räder, und das allerschönste war – es gab nie eine langweilige Viertelstunde während der Nacht. Die Mühe war keine Mühe, die Zeit verflog nur so, denn der gute Vogl hantierte wie ein Junger trotz seiner fünfzig Jahre. Einmal steht er in der Ofengrube, ich trage ein volles Brett herbei. Er hält todernst ein und schaut mich an.

»D'Sakrament, Siegfriedl, dö gehnga nimma nei! Absalut nimma!«

sagt er, wenngleich er erst das dritte Brett voll im Ofen hat. »Ah, dös gibts ja gor net!« rufe ich: »Ah, do, schaugns doch eini ... Is ja no der ganze Ofn hoibert laar ...«

»Dö gehnga nimma nei, sog i!« beharrt der Vogl: »Wett'n ma, daß 's nimmer neigehnga!«

»Do wett i! ... A Mark guit's!« schrei ich und rumple in die Fußgrube. »Do! ... Is ja noch Platz für zehn Bretta voi!«

»Guat«, sagt der Vogl: »Schaugn ma ...« Und kurzer Hand geht er aus der Grube herauf, stellt sich hin und fragt: »Do ... Gehngas vielleicht nei?« Ich schaue ihn an, ich weiß mir nicht zu helfen. Hm, ja, wirklich »gehn tun die Semmeln also nicht, das können sie nicht.« Der Vogl hat gewonnen.

Ein anderes Mal schreit er draußen vom dunklen Hof herein. Ich weiß, er sitzt auf dem Häusl. »Aloisl! Ezechiell«, hör ich ihn schreien und laufe hinaus. »Hast du scho amoi a Fuchsloch gesehn?« fragt er aus dem ausgeschnittenen Herzen der zugezogenen Abtrittür. »Na«, sag ich.

»Do! Do schaug!« schreit er und wie ich hinschaue, reckt er mir den nackten Hintern hin und lacht schüttelnd. Solche Einfälle hatte er tausend.

Am ersten Tag und an allen folgenden Tagen war es so: Meine Mutter kam in der Frühe um fünf Uhr über die Stiege herunter und schaute auf die vollen Brotkörbe. Sie war baff und vergaß vor Verwunderung das »Gutenmorgensagen«, aber der Vogl begriff sofort und rief mit triumphierender Stimme: »Na, Frau Beekmeisterin, was hab ich gesagt? ... General Vogl schmeißt alles! ... Semmeln, Eiweckerln – bloß für Majestätn! General Voglsemmeln!« Mein Bruder Max war genau so verblüfft. »Nein«, meinte er fast geärgert an jenem ersten Tag, »na abwartn ... Heut hat er halt grad Glück ghabt ...«

Das Glück vom Vogl aber schien ewig standzuhalten, das Brot war jeden Tag gleich schön, fort und fort, und jetzt verstummte auf einmal mein militärisch strenger Bruder völlig. Er ließ Vogl machen, was er wollte. Vogl blieb, Vogl hatte gesiegt.

Bloß soll es keinen Lohn gegeben haben. Denn da stellte sich der große Fehler des neuen Schießers heraus. Er soff wie ein Bürstenbinder. Er brannte geradezu danach, jedesmal seinen schwer erarbeiteten Verdienst in Bier umzusetzen. Er ging in die nebenanliegende Wirtschaft und blieb so lange sitzen, bis er voll und stocksteif unter den

Tisch rutschte. Dann fing er heiser zu singen an. Alte Reservistenlieder. Und das klang, als wie wenn Scherben aneinander gerieben würden.

Die Pächterin der Wirtschaft war eine adrette, sehr geschäftige Person. Sie war in solch schlechten Zeiten froh über einen so guten Kunden, hinwiederum aber wollte sie auch überall die beliebte, bessere Frau sein, wollte sichs mit niemandem verderben und kam kulant und gewichtig in unseren Laden geschwänzelt. »Ja, Bäckermaxl, jaja, was soll ich sagn! Enka Schiaßa hot an Brandrausch, Max, und liegt stocksteif unter mein'm Tisch drenten.«

Seltsamerweise aber furchte Max nur unteroffiziersmäßig die Stirn und sagte ziemlich kurz und abweisend: »Das geniert mich nix! Die Hauptsach' is, daß er sei Arbat richti macht.« Die Wirtin zog fast geärgert ab. Der Vogl kam zwei Stunden vor Arbeitsanfang heim, war wieder halbwegs nüchtern, fing das Backen an und – das Brot war wie immer. Auch während dieser Arbeit sang er in einem fort seine Reservistenlieder, und die Nachbarschaft beschwerte sich. Max wollte den Schießer verwarnen, aber Vogl stellte sich kühn hin und schrie heiser: »Herr Beekmeister? Wos is Ihnen lieber? A guats Brot oder Batzn? ... Eine Lustbarkeit muaß der Mensch hobn! Und General Vogl is nur fürs Vataland! Aus! Schluß, punkt! Amen, dominus vobiscum!« Dagegen war wenig zu machen.

Schließlich aber haben sich im Laufe der Zeit zwei Vorfälle ereignet, die mir – ich kann's nicht anders ausdrücken – den viellieben General Vogl entrissen.

Zwei Häuser weit von unserm Geschäft entfernt hatte sich um dieselbe Zeit eine kuriose Amerikanerin eingemietet. Mitten im Jahr tauchte sie in unserm Dorf auf, sah sich die alleinstehende Villa vom Oberapotheker Nefflinger an und blieb. Sie hielt sich keine Dienstboten und schloß komischerweise nachts nie eine Türe ab. Die Nefflinger-Villa hatte vorne heraus keinen Garten, lag geradewegs an der Straße, und wie der Teufel sein wollte, einmal so um zehn Uhr nachts hörten die Nachbarsleute gellende Hilfeschreie aus der Villa. Alles stürzte mit Prügeln und Sensen bewaffnet daher und fand – den General Vogl im Schlafzimmer der Amerikanerin, und die schrie und weinte und fuchtelte ratlos mit ihren nackten Armen herum. Vogl stand wankend und rülpsend vor ihr, machte ununterbrochen wilde Bewegungen, so als wenn er Brot in den Ofen schießen wollte, und, ohne sich um die

Dorfleute zu kümmern, plärrte er fort und fort: »Ofn auf! Marsch-marsch! Sssst-sst! General Vogl siegt! Auf da! Fürs Vaterland! Ofn zu! Dominus vobiscu-um! A-amen!« Er tobte wie wildgeworden und fiel auf einmal glatt hin. Ein Riesengelächter erhob sich rundum. Die Dorfleute trugen den Besoffenen heraus und brachten ihn heim. Tagelang freute man sich über diesen seltsamen Einbruch, selbst der verknittertste Griesgram lachte darüber, die Amerikanerin verließ auf der Stelle das Dorf, und keiner weinte ihr eine Träne nach, denn sie war geizig und sehr empfindlich gewesen.

Vogl verschlief in jener Nacht, aber das Brot wurde doch noch recht-zeitig fertig. Max schimpfte und drohte, wenn solche dummen Sachen noch einmal vorkämen, müßte er kündigen. Es stellte sich dabei aber heraus, daß Vogl wahrscheinlich das Haus verwechselt hatte und von dem ganzen Vorfall überhaupt nichts mehr wußte.

»Wia konn ma denn a so saufa!« sagte meine Mutter gutmütig.

»Da Durscht, Frau Beekmeisterin! Also wenn ich Ihnen sog ... Ganz trucka is mei Hals in oan furt ... Grod brenna tuat's innwen-dig!« entschuldigte sich Vogl und versprach hoch und heilig nicht mehr zu saufen.

Eine Zeitlang ging es auch wieder ganz passabel. Es kam höchstens ein kleiner »Werktagsrausch« beim Vogl vor.

Aber du heiliger Herr Jesus, es kam das Frühjahr und an einem Tag mußte der Vogl in die Stadt. Nichts Gutes ahnend, sagte meine Mutter zu ihm: »Gell, gell, Schiassa, daß fei it wieda so saufa ... Daß S' fei hoamkemma!« Dem Vogel tat das fast weh.

»Frau Beekmeisterin, also wenn ich Ihnen sog ... General Vogl kimmt und wanns Dreck regnt! Vogl is da, Frau Beekmeisterin, und ein Brot hobn mir – das Herz muaß Ihna lachn dabei!« sagte er und fuhr ab. –

Um elf Uhr nachts weckte mich Max. Vogl war nicht da. »Wenn er net kimmt, weck' mich!« sagte mein Bruder mürrisch. Ich ging in die Backstube hinunter, machte den Semmelteig, warf ihn auf die Trag-tafel, ließ ihn gären und setzte mich zum Brotzeitmachen. Ich woll-te Max nicht wecken, ich hoffte und hoffte. Ich fing das Auswiegen an, legte die Teigstücke in die Preß- und Teilmaschine und warf die dreißig viereckigen Stücke hinüber auf die andere Tafel. Ich trug die Bretter herbei, deckte sie und fing das Semmelschleifen an. Nichts, gar nichts hörte ich vom Vogl. Ich arbeitete mit verdoppelter Schnelligkeit, um nur ja Max nicht aufwecken zu müssen, um nur ja meinen viellieben Schießer nicht zu verlieren. Es wird spät und später, die versäumte Zeit ist nicht mehr hereinzuholen. Ich überlegte hin und her, lief ums Haus, lief auf der Landstraße dahin und schrie meinem Schießer. Schwarz und dunkel und still blieb es weit und breit. Ich lief heim und weckte schweren Herzens Max. Der brummte und brummte. Die Stunden verliefen.

Auf einmal höre ich sowas wie ein Wagenrollen, lausch' gespannt, es kommt näher und hält bei uns hinten draußen, vor der Wirtschaft an. Da brennen noch Lichter, Leute sind noch drüben. Ich höre Stimmen, die Wirtin reißt die Türe auf und öffnet strahlend den Wagenschlag. Heraus fällt – voll und toll in seinem Rausch – ihr direkt in die Arme – der General Vogl. Sie weicht zurück. »Geh weg! Weg da! Dappige Gans! Nix wie los!« schreit er und kurz darauf steht er an der offenen hinteren Türe und schaut glotzend zum Max in die Ofengrube hinab.

»General Vogl is da!« schreit er, »is da, Herr Beekmeister! ... Verzei-ei-eihung wanns ein bißl spat is! Bitt um vielmalsige Verzeihung! .. So-ho, hjupp! So ein Sauzug, so ein Mistzug! Ich setz' mich in Miii-inchn nei ... Starnberg verlang ich, Starnberg ... Ich schla-a-af ein bißl und wie ich auf wach, wo bin ich? ... Tutzing! Tuhutzing? Beekmeister! ... A-haba gehorsamste Verzeihung, General Vogl hat die Sach' geschmissn! ... Fiaka aufgetri-rie-iebn mittn bei da Nacht – – Do-do is er! ... General Vogl sagt: Ablösung vor!«

Er keuchte, er wankte, er fiel – ratsch – in die Ofengrube hinab. In gestreckter Länge blieb er liegen. Max knirschte und stieß ihn vor Wut. Er richtete sich wieder halb auf im Ruß und im Dreck und brümmelte in einem fort haltlos: »E-eeha! E-e-eha Vogl, eee-eha! Auf! J-jupp, auffff! Auf gehts! Au-aufff!«

Jetzt aber war es mit der Geduld von meinem Bruder zu Ende. Schon deswegen, weil sich der Vogl an seine Füße geklammert hatte, um hochzukommen. »Machn S', daß ins Bett kemma, bsuffers Mannsbild, bsuffers!« schrie er wild und ich brachte mit größter Mühe den Rauschbruder in die Gesellenkammer. Sogar ausziehen mußte ich ihn. Er war darüber gerührt, er küßte mich, er fuhr immerzu mit seinen verschmierten, zittrigen Händen über meine Backen und mir kamen buchstäblich die Tränen dabei.

»Also Oskarl, Nepomukl, Eziechiell, Siegfriedl, Aloisl! ... Na-na,

Vogl hat sich nicht lumpn lassn woll! ... Na-na-na, Vogl hat versprochen, daß er kimmt u-und da-do is er, do is er! ... O-oskar, Siegfriedl, du-du-du bist ein guata Mensch, ei-hein ganz guata Mensch, ein sehr gua-guata Mensch!« plapperte er dabei, dann sackte er ins Bett und schlief wie ein Toter.

Am nächsten Tag war Freitag. Am Samstag drauf mußte Vogl gehen. Noch einmal buk er sein wunderbares Brot und noch einmal sang er und machte alle seine Späße wie immer. Am andern Tag, als wir hinten draußen voneinander Abschied nahmen, weinten wir alle zwei. Ich hab ihn nie vergessen.

Viel später habe ich erfahren, der General Vogl sei vom Saufen geheilt worden, aber seitdem auch kein guter Bäcker mehr. Vor etlichen Jahren las ich seine Todesanzeige. –

Der spinnerte Franzl

Der so benannte Schießer brachte diesen Spitznamen sozusagen schon mit in unser Haus, in der Bäckerherberge und unter seinen Münchner Kollegen hieß man ihn so und das vielleicht nicht ganz mit Unrecht. Auf den ersten Blick merkte man, bei ihm stimmte was nicht ganz. Er war ungemütlich nervös und konnte sich keinen Augenblick stillhalten, er war ein echter Großsprecher, war cholerisch und machte stets – wie man so sagt – aus jeder Mücke einen Elefanten. Wenn ihm etwas schief ging, wenn er das Brot verpfuschte oder sonst einen offensichtlichen Fehler machte, er verstand es immer, die Schuld auf andere oder auf irgendwelche Zufälle zu schieben, und darin war er sehr erfinderisch. Außerdem aber hatte er aufdringlich militärische Manieren und schwadronieren konnte er wie ein besessener Feldwebel. Deswegen und weil er auch auf sein Äußeres viel gab, war er wahrscheinlich nach Max' Geschmack. Ich habe nichts Schönes gehabt unter ihm. Vogl war witzig und gemütlich, der spinnerte Franzl war grob und ordinär, verstand überhaupt keinen Spaß und schikanierte mich oft ohne jeden Grund. Das kam vielleicht auch daher, weil er ein schlechter Bäcker war.

Von ihm erzählte man sich eine merkwürdige Geschichte, welche sich, kurz nachdem er bei uns in den Dienst getreten war, auch als richtig herausstellte. Der spinnerte Franz nämlich ließ sich für sein Leben gern rasieren. Da er aber ein schwierig zu behandelnder Mensch war und oft ein ganzes Jahr keine Stellung hatte, so konnte er selbstredend seinen »Gelüsten« nicht immer nach seinen Wünschen nachgehen. Mit dem Rasieren allein war es bei ihm nie abgetan. Er ließ sich auch stets seinen Kaiser-Wilhelmsbart kämmen und zurechtstutzen, er hätte sich am liebsten jeden Tag das Haar waschen lassen, kurzum, all das konnte er sich nicht immer leisten und da verfiel er auf einen Trick. Nämlich er suchte die Barbierstuben meistens zur Mittagszeit auf, öffnete die Tür, überblickte alles im Nu und wenn er sich davon überzeugt hatte, daß der Meister nicht da war, wenn er sich den Lehrling oder erst kürzlich ausgelernten Gesellen genau angesehen hatte, dann blieb er. Mit vornehmer Geste setzte er sich hin, zog seine Uhr, sagte mit gutgespielter Eleganz: »Ich hab nicht viel Zeit, bitte ... Kopfwaschen, Rasieren, Bartschneiden, bitte! Können Sie das in einer Viertelstunde fertig haben, ja? ... Gut, dann bitte! Aber rasch, ich muß auf den Zug!« und ließ sich so bedienen. Meist war so ein Lehrling oder so ein junger Geselle nervös und fahrig, aber er hantierte mit größter Flinkheit. Der spinnerte Franzl machte dabei ständig ein hochkritisches Gesicht, zuckte ab und zu wie ärgerlich, daß sich der verlegene Barbier entschuldigte, runzelte die Stirne ein um das andere Mal, sagte nie ein Wort und saß da, daß man direkt spürte, wie es ihm pressierte. Kaum aber war er fertig, sprang er auf wie eine gesprungene Matratzenfeder, reckte sein Gesicht in den Spiegel, fuhr mit der rechten Hand in einem fort um sein Kinn, veränderte plötzlich seine ganze Miene und fing direkt vernichtend an zu schimpfen: »Tja, wie haben Sie mich denn hergerichtet, wenn ich fragen darf? ... Was?! Wasss!! Das soll rasiert sein? ... Und, jaja, hm! Hm – und den ganzen Bart verschnitten! Schweinerei das! Unerhört sowas! ... Wass?! ... Reden Sie nicht! ... Eine solche Bedienung verbitt' ich mir!« Und meistens ließ ihn dann der verdatterte junge Mensch ohne Bezahlung laufen. Das hatte ja der Franzl auch nur gewollt. –

Bei uns wohnte der Bader in Aufkirchen, und man kam nur ganz selten zu ihm. Er ging jede Woche zweimal die ganze Pfarrei ab und rasierte die Männer in der Stube, in der Küche, im Stall oder in der Werkstatt, wo er sie eben antraf. Als er nun um dieselbige Zeit zu uns kam, wollte der spinnerte Franzl mit ihm dieselben Faxen machen. Er setzte sich auf den Stuhl und zuckte in einem fort mit dem Kopf, mit den Backen. Der Bader war ein ruhiger Mensch und drückte einfach seine derbe Hand fest auf Franzls Kopf, so schwer, daß dem Gesellen solche Nervositäten vergingen. Der spinnerte Franzl wurde ärgerlich. »Na, was ist denn das!« fing er zu schimpfen an: »Ich bin doch kein Holzstock! Ihre Bratzen weg von meinem Kopf.«

»Ja, wenn Sie net stad hoitn, schneid i Eahna ja«, meinte der Bader und ließ nicht nach.

Dem Franzl schwollen die Schläfenadern: »Ja, Donnerwetter, au! ... Da-das kann ich nicht vertragen, sag ich! Ich laß mir doch mein Hirn nicht eindrücken!«

»I versteh net hochdeutsch«, brummte der Bader, nahm aber seine Hand weg und murmelte so nebenher: »Aba wenn's moana … I konn Eahna ja schnein, wenn S' Eahna net stadhoitn.« Und – richtig, der spinnerte Franzl zuckte, das scharfe Rasiermesser ging in seine Backe, das Blut rann.

»Herrgott! Do! … Do hobn Sie 's jetz!« wurde der Bader grantig, und da wollte der Franzl auf und fuhr ihn feldwebelmäßig an: »Was!? … Was, Sie unkultivierter Bauernbader, Sie!«

»S-st! Hoit dei Mäu, windiga Bäckagsell!« gab ihm der Bader hinaus und warf sein zugeklapptes Messer auf den Tisch.

»Wa-ass! Was –«, kam der Franzl nur mehr zu sagen, und schon gab ihm der Bader eine solche Watsche, daß er direkt umfiel. Der Franzl wollte auf ihn los und schrie mordialisch, keifte wie ein Weibsbild, der baumlange Bader zog schon wieder aus, und Max mußte dazwischen treten. Es gab ein wüstes Schimpfen, aber der spinnerte Franzl zog schließlich ab.

»D' Gurgl soit i da o'gschnittn hobn!« schrie ihm der wütende Bader nach, packte sein Zeug zusammen und ging. In selbiger Nacht hat mich der Schießer herumgetrieben wie einen Rekruten, immer wieder tappte er in sein zerschnittenes Gesicht und schon ging das Gepolter wieder an. Wirklich – auch ich wäre froh gewesen, wenn ihm der Bader die Gurgel abgeschnitten hätte. –

Von da ab ließ sich der spinnerte Franzl nur noch alle Samstag in Starnberg rasieren, unserem Bader wich er ängstlich aus. An so einem Rasiertag kam Franzl oft mit einem Rausch heim und war dann kaum zu ertragen. Gott sei Dank, einmal hat er vergessen das Brot zu salzen, ich habe es wohl gewußt, aber nichts verlauten lassen. Am andern Tag war der Krach da und ich war – erlöst. Franzl nämlich stritt mit Max derart, daß er auf der Stelle gehen mußte. –

Wie wir einen damischen Mischer losgebracht haben

Ja, von der Chiemseegegend ist er her gewesen, der selbige Mischer, wo in der Saison im Sommer 1910 bei uns war. Xaver Berzler hat er geheißen, von einem dortigen Bäckermeister der Sohn. Daherkommen ist er mit einem nagelneuen, mordsmäßig feinen Schiffskoffer und ein stolperndes Hochdeutsch hat er geredet. Man hat meinen können, er kommt von Preußen oder von einer Weltreise zurück, so nobel hat er sich gegeben. Ganz elegant war er angezogen, ein kleines, schwarzes Schnurrbärtchen hat er in seinem Milchgesicht gehabt, stramm war er um und um. Meine Schwester und die Dirn, die wie ihn zum ersten Mal gesehen haben, die haben gleich die Köpfe zusammengesteckt und getuschelt, daß er ihnen ausnehmend gefällt, und meinem ältesten Bruder Max hat der Bursch auch gut gefallen, weil er so forsch getan hat. Wie er in unsere Gesellenkammer hinaufgekommen ist, hat er das Auspacken angefangen. Lauter neue Sachen hat er gehabt. Vier neue Anzüge, eine Masse Stärk- und Arbeitshemden, schneeweiße Schürzen und einen ganzen Stoß Bücher. Ich habe schon auch gestaunt über ihn, aber der Gugger, unser damaliger Schießer, der hat kaum »Grüß Gott« gesagt zu ihm, hat sich umgedreht in seinem Bett und ist wieder eingeschlafen.

So, und alsdann ist die Sache mit ihm angegangen. Arbeit über Arbeit hat es damals gegeben, aber schon in den ersten Nächten ist es herausgekommen, daß der siebengescheite, feine Mischer ein recht langweiliger Kerl war und nicht einmal richtig Teigmachen hat können. Und was das allerärgste war, er hat ewig Schlaf gehabt, weil er am Tag immer zum Baden gegangen ist und sich nachher mit einem Buch auf eine Bank hingesetzt hat, um zu lesen. Mir ist es aber vorgekommen, als wie wenn er bloß gesehen werden wollte mit seinem schönen Anzug und wie ein Student. Gerade so hat es ausgeschaut als wie wenn er sich geschämt hätte, daß er ein gewöhnlicher Bäckergeselle ist, der Protz.

Den Schießer hat das von Anfang an geärgert, überhaupt, der war ein wortkarger, aber sehr tüchtiger und fleißiger Mensch, und wenn bei ihm einer nichts getaugt hat, mit dem ist er saugrob gewesen. Es läßt sich also denken, daß es schon gleich Reibereien gegeben hat. Nämlich eigentlich streiten hat der Gugger nicht gern mögen, er hat bloß immer gebrummt und gemurrt, wenn ihm was nicht recht war oder nicht schnell genug gegangen ist. Dann aber hat er es meistens selber gemacht und das hinwiederum hat den eingebildeten Mischer gewurmt.

»Na, sowas kann man mir doch sagen!« hat er oft und oft empfindlich gesagt: »Ich weiß doch, was ich zu tun hab!«

»Aba wia lang ois's daurt!« hat ihm der Gugger bockig hingeworfen und ist aus der Backstube getappt.

Alsdann hat der Mischer immer leise für sich gesagt: »Widerwärtig, sowas!« und ist hochrot im Gesicht geworden. Ich habe mich aber auch gefreut, wenn er vom Gugger recht dumm angeredet worden ist, weil der damische Mischer in einem fort in mich hineinregiert hat als wie wenn ich ein Garnichts gewesen wäre.

Nach der ersten Woche ist der Gugger pfeilgrad zum Max in die Stube vorgegangen und hat mit seiner stumpfen Stimme gesagt: »Sie, Max, den Mischa kinna's Eahna an Huat auffistecka ... Der is koan Schuß Puiva wert ... Es werd gescheita sei, wenn's 'n boi wegteana.« Aber wie der Teufel sein wollte, dem militärischen Max hat der spinnerte Mischer gefallen. »Na«, sagt er, »Sie müßn halt energischer sein zu ihm ... Is' ja ein junger Kerl ... Er wird sich schon noch einarbeiten.« Der Gugger hat ihn angeschaut und hat gebrummt: »Noja, wenns Sie bessa wissen ... I schaug aba nimma lang zua.«

»Nono, jetzt regen's Ihna doch net glei so auf, Schißa ... Glei' möcht' i 'n net wegtoa«, hat ihn der Max beschwichtigen wollen, aber der Gugger ist einfach wieder in die Backstube hinter gegangen. Alsdann ist er in die Gesellenkammer hinaufgekommen und wie er sieht, der Mischer ist schon wieder nicht im Bett und beim Baden, da sagt er in bezug auf ihn: »Wart no, den spinnertn Gischpi, den werdn ma glei draußen hobn ... Jetzt werd ma dö Sach scho boi z'bunt.« Ich habe mich sehr gefreut, daß der Gugger mit mir geredet hat, denn das tat er fast nie nicht und folgedessen habe ich auch gleich gesagt: »I mog 'n aa nit, den damischn Kerl, den langweilign.«

Der Gugger hat mich kurz angeschaut und hat sein Gesicht ein wenig verzogen, lachen nämlich hat er kaum können. »Aiso paß auf«, hat er alsdann angefangen und hat mir seinen Plan mitgeteilt. Der war sehr schön und lustig und ich habe, wie der Gugger gesagt hat, verlauten darf ich aber nichts lassen, ganz ernst gesagt: »Auf Ehr' und Seligkeit, Schiaßa! I sog nix, gor nix!«

Das Bier für unsere Nachtbrotzeit ist in unserem Keller gestanden. Da ist man von der Mehlkammer über eine Stiege hinuntergegangen. Wie wir den Teig fertig gehabt haben, sagt der Schießer wie gewöhnlich zu mir: »Oskar, sst, hoi 's Bier auffa.« Ich tue es, bin aber gleich darauf ohne Bierflaschen mit einem ganz verstörten Gesicht dahergekommen und habe gejammert: »Schiaßa, um Gottswilln, i trau ma nimma obi an Kella! Do geht 's um druntn! Na, na, i trau ma nimma obi!« Gewimmert und geklagt habe ich wie echt und der Gugger hat mich mürrisch angefahren: »Wos sogst? ... Umgeh' tuat's? ... Ah, damischa Kerl, damischa! Do host heechstns traamt! Spinnst scho wieda amoi, dappiga Hos, dappiga!«

»Na! Na, ganz gwiß! Ganz gwiß gehts um, Schiaßa! ... Wia i obikemma bin, hot a feiriga Kopf zun Kellaloch einagschaut«, sag ich drauf wieder so trübselig: »U-und Totnknocha san obgfoin ... U-uh, i trau ma nimma obi!« Auf das hin ist der Gugger aufgestanden und hat gesagt: »Geht Jetz dös möcht i doch aa sehng!« und ist mit dem Mischer und mir in den Keller hinuntergegangen. Er hat die Türe aufgestoßen, das elektrische Licht angedreht und rundherum geschaut. Kein feuriger Kopf und kein Totenknochen ist zu sehen gewesen. Ich und der Mischer haben auch gar nichts Verdächtiges entdeckt.

»Do! ... Do! Is do wos?« hat mich der Gugger ganz minder angeschnauzt und gemeint hat er, ein Hosenscheißer bin ich, und für einen Narren läßt er sich nicht halten.

»I konn doch nix dafür«, habe ich gejammert und er hat einen Ruck gemacht als wie wenn er mir eine hineinhauen möchte, ich habe gezuckt, aber er hat mir keine gegeben. –

In der darauffolgenden Nacht habe ich mich mit Händen und Füßen gewehrt, in den Keller hinunterzugehen, und die Augen habe ich mir gerieben und wie zum Weinen habe ich mich geplagt.

»No«, sagt auf das hin der Gugger zum Mischer: »Wenn er so Angst hot, geh weita, hoi du s' Bier auffa.« Der Mischer ist einen Moment ganz kalkweiß geworden, hat sich aber gleich wieder zusammengenommen und ist aus der Backstube. Kaum war er draußen, da sagt der

Gugger wispernd zu mir: »So, jetz paß auf, wia der springt!« Und mit einem Schwung ist er durch das offene Backstubenfenster hinaus und um das Haus herum. Gleich darauf hat es im Keller drunten fürchterlich geschrien und der Mischer ist schlotternd und schnaufend über die Stiege heraufgesaust. Wie er in die Backstube hinter gekommen ist, war der Gugger auch schon wieder da und hebt den Kopf und fragt ganz baff: »No, wos is's denn?«

»Herrgott-Herrgott! E-es geht wirklich um! Wi-irklich!« stotterte der Mischer: »Nei-nein, da bleib ich nimmer! In dem Haus kann mich keiner mehr halten! Nei-nein!« Sofort wollte er in die Gesellenkammer hinauf, sich anziehen und davonlaufen. Der Gugger hat schließlich wütend zu schimpfen angefangen, aber plötzlich wie wir grad wieder anfangen wollen zu arbeiten, rennt der Kerl wirklich zu meinem Bruder Max hinauf und sagt, er geht. Alles Einreden von Max hat gar nichts geholfen, alles Gespött erst recht nicht.

»Na, Himmelherrgottsakrament-sakrament, guat! Morgn könna's geh, aber heunt Nocht macha's Eahna Arbat no, aus!« hat ihn mein Bruder schließlich angebellt, der Mischer ist auch gekommen und hat gearbeitet, aber am andern Tag haben wir ihn los gehabt, Gott sei Dank. Das war das erste Mal, wo der Gugger ganz freundlich zu mir gesagt hat: »Dös host guat gmacht, Oskarl ... So dappi wiast herscheugst, bist du gor it ...« –

Der Tod ist überall daheim

D ie zwei nachfolgenden Erlebnisse liegen sehr weit zurück und sind
mir unvergeßlich. Wenngleich inzwischen Tausende im Kriege
viel Grauenhafteres erlebt haben, so glaube ich doch, daß keiner von
ihnen so erschüttert wurde wie ich damals. Ich weiß wohl, was ich
sage und möchte nicht lange herumdebattieren. Ich gebe nur jenen,
die in Anbetracht meiner kühnen Behauptung mit mitleidigem Lä-
cheln den Kopf schütteln, zu bedenken, daß ich damals ein Kind war,
während jene auf den Schlachtfeldern Männer gewesen sind. Genug
davon – es war im Sommer und wir hatten Schulferien. Ich mußte
damals wie alle meine Geschwister Brot austragen. Um sechs Uhr in
der Frühe schnallte mir meine Mutter den vollen Tragkorb auf den
Rücken und hinaus ging es in die frische Morgenluft. Mein Weg führte zuerst durch den großen Staatsforst, der zwischen meinem Heimatdorf Berg und dem Dorf Kempfenhausen liegt. Hatte ich die Waldung
durchschritten, so kamen abschüssige Wiesen, die linker Hand an den
See grenzten. Ich war meist barfuß und watete auf den taufeuchten
Fußwegen dahin, suchte all die weit auseinanderliegenden Villen auf,
die am Ufer lagen, und stieg dann wieder aufwärts, gelangte in das
eigentliche Dorf, ging von Haus zu Haus, verkaufte meine Semmeln
und Wecken und war so gegen halb zehn Uhr fertig. Der Heimweg
war mir das liebste. Da brauchte ich keine Eile mehr, ich konnte unge-
hindert und unbeschwert durch den weitläufigen Wald streifen, Pilze
suchen, Hasen und Fasanen aufscheuchen und Vogelnester zerstören.
Niemand begegnete mir, still und heimlich war es zwischen den Bäu-
men, unentwirrbares Dickicht lockte, Hügelplätze gab es, da standen
Himbeeren und Erdbeeren, und wenn man sich umwandte, sah man
die spiegelglatte Seefläche, die sonnbeglänzten Wiesen, die schlän-
gelnden Wege und Straßen und die friedlichen Häuser rundum.
Um dieselbige Ferienzeit nun tauchte in unserem Dorfe ein bar-
häuptiger Mensch auf, der in jedem Haus kleine Heiligenbildchen

verkaufte und Geistlichenkleidung trug. Wenngleich er nicht darnach aussah, hielt man ihn dennoch für einen jener Bettelmönche, die in meiner Heimat vielfach herumwandern und für irgendwelche religiösen Zwecke Geld sammeln. Diese ehrwürdigen Ordensbrüder waren damaliger Zeit bei uns sehr geachtet, jeder Mensch kaufte von ihnen geweihte Rosenkränze, Gebetbüchelchen oder bunte Bildchen und zu guter Letzt segnete der Mönch die ganze Familie, sagte irgendeinen frommen Spruch und ging. Das hinterließ stets eine gute Stimmung.

Ganz anders war es bei dem barhäuptigen Mann, von dem ich spreche. Er hatte etwas auffallend Unstetes, trug nicht etwa ein Mönchskutte, sondern einen langen schwarzen Priesterrock und eiferte in jedem Haus derart, als gälte es, die ärgsten Todsünden und Laster auszutreiben. Er hatte ein hageres, langes Gesicht, buschige Brauen, dunkle, fast stechende Augen und war unrasiert. Seine Gebärden waren heftig, kurz und abgehackt redete er und bewegte dabei wie drohend die dürren Arme. Als er in unseren Laden kam, traf er außer meiner Mutter nur meine kleinere Schwester Anna und mich und fragte fast beleidigt, wo die sonstigen Familienangehörigen seien. Beim Heueinführen, meinte meine Mutter, kam aber gar nicht zu Wort, denn der aufgeregte Mönch im Priestergewand schaute sie wild an und fuchtelte atemlos: »Und da ist keiner, der das Wort unseres Herrn und Heilandes hören will?« Meine Mutter senkte ihren Kopf, faltete die Hände und wir Kinder machten es ebenso und erzitterten leicht, während der Mensch unentwegt weiterpredigte: »Das Heu ist wichtiger wie das Seelenheil? ... Im ganzen Dorf kaum wer daheim, thm! ... Saustall!« Bei diesem Worte, das er geifernd schrie, hoben wir allesamt unsere Gesichter und blickten benommen auf den erzürnten Bruder, der plötzlich zusammenzuckte, totenblaß wurde, seine Arme jäh sinken ließ und ganz hilflos geradeaus starrte. Wir Kinder hielten den Atem an. Meine Mutter bekam ein demütig betrübtes Gesicht und auf einmal – er hatte jetzt die Hände fest aneinandergelegt und hob sein verstörtes Gesicht gen Himmel – fing der seltsame Gottesmann mit jammervoller Stimme zu beten an: »Wenn du achthaben wolltest auf alle Missetaten, o Herr und Jesus, wer könnte dann bestehen? Aber bei dir ist Versöhnung! Aus der Tiefe rufe ich zu dir, o Herr, erhöre mich im Namen der Sündigen ... Herr Jesus sei meine Barmherzigkeit, erbarme dich unser! Amen!«

Jetzt war er wie verwandelt. Sein Kinn zuckte, seine Lippen waren aufeinandergepreßt, seine störrischen Augen hatten etwas Verloschenes und es war, als verharre sein ganzer Körper in höchster Spannung, die sich erst ganz allmählich von ihm löste. Wir standen schweigend da und brachten die Augen nicht von ihm. Ich hatte eine große Angst, denn – weiß Gott warum – der Mann machte den Eindruck eines Hinfälligen, jeden Augenblick, so wenigstens kam es mir vor, konnte er einen Anfall bekommen. Elend, ausgezehrt und krank sah er aus. Als er sich aber nun leger bewegte und ganz ruhig sagte: »Jajaja, christkatholische Mutter und Kinder, also was wünscht ihr denn jetzt Schönes?« und seine Bildchen auf das Ladenpult legte, da waren wir fast noch verwunderter. Meine Mutter nahm für jedes Familienmitglied ein solches Bild und gab dem Geistlichen einen Taler. Das erstaunte ihn offensichtlich, denn er musterte das Geldstück fast ungläubig, steckte es alsdann so rasch, als fürchte er, daß es ihm wieder genommen würde, in seine Rocktasche, hob wie altgewohnt die segnende Hand und sagte ruhig: »Der Herr und Jesus sei unter euch für und für ... Vergelts Gott, Aamen!« Wir bekreuzigten uns und er ging.

»Hm«, machte meine Mutter und schaute ihm interessiert nach: »Hm, dös is a scharfa, hmhm!« Und während sie das sagte, schritt der Bruder eigentümlich hastig, mit ganz kurzen, etwas stelzigen Schritten um die Ecke des Nachbarhauses. Man sah ihn noch etliche Tage in den umliegenden Dörfern, rastlos strich er herum, und die Leute begegneten ihm halb unruhig und halb mißtrauisch.

Am vierten Tag, nachdem er bei uns gewesen war, strolchte ich wieder so auf dem Heimweg vom Brotaustragen durch den Wald und rannte, weil ein Fasan aus den Jungtannen aufschwirrte, mit eingezogenem Kopf in das stachlige Dickicht. Rannte, drückte mich, den Arm schützend vor die Augen haltend, durch die dichten Zweige und stieß plötzlich auf etwas leicht Baumelndes, das nachgab. Ich hob rasch den Kopf und fiel fast um. Alle meine Glieder erlahmten jäh, mein Blut stockte, mein Herz erstarrte – von einer niederen knorpeligen Buche herab hing die Leiche des eifernden Geistlichen. Ich sah nur den geblähten Kopf, die herausgequollene Zunge und die verdrehten Augen. Ich wollte schreien und konnte nicht, wollte davonlaufen und war wie angewachsen, es war mir als sei ich selber tot. Plötzlich floß alles wieder siedeheiß in mich und wie irrsinnig rannte ich auf und davon.

Als ich daheim ankam, schlotterte ich wie im Fieber, konnte kaum ein Wort aus mir herausbringen und fing auf einmal fürchterlich zu weinen an. Vater und Mutter, meine Brüder und Schwestern redeten auf mich ein, fragten, bestürmten mich. Ich war nicht imstande, einen regelrechten Satz zu sagen und schließlich übergab ich mich sogar. Man brachte mich ins Bett. »So ein Verdruß! So ein Verdruß! Was er bloß hat?« hörte ich meine Mutter klagen. Eine ungeheure Mattigkeit hatte mich eingemummt, ich schlief und soll schrecklich phantasiert haben. Erst als der Arzt vor mir stand, nach einem stundenlangen wirren Traumschlaf kam ich wieder zu mir und erzählte zusammenhängend.

Der Erhängte wurde noch am selbigen Tag ins gerichtsmedizinische Institut nach München verbracht. Es handelte sich, wie sich später herausstellte, um einen geisteskranken Theologiestudenten aus Erlangen.

Drei Jahre nach diesem Geschehnis – ich war schon aus der Werktagsschule und arbeitete Nacht für Nacht als Lehrbub in unserer Backstube – stapfte ich einmal wieder so in einer dunklen Winterfrühe auf der Waldstraße nach Kempfenhausen. Der Schnee lag fast fußhoch, die mächtigen Fichtenbäume beugten sich unter ihrer Last, stockstumm war es rundum, das Weiterkommen war beschwerlich und man mußte seine Augen weit offen halten, um nicht in einen Graben zu fallen. Ich keuchte und schwitzte und war froh, als ich aus dem Wald kam. Mit dem Spürsinn, den man bekommt, wenn man sehr oft in solcher Finsternis gehen muß, fand ich die weniger verwehten Straßenstriche und kam nun schneller vorwärts. Im Winter brauchte ich nicht an das Seeufer hinunter. Die Villenbesitzer waren meist in die Stadt gezogen, um erst im Sommer wiederzukommen. Ich ging also querfeldein, Kempfenhausen zu, und erreichte endlich das niedere Hausmeisterhäuschen des Ka ... schen Schlosses. Der riesige Bernhardinerhund fing zu bellen an, ich läutete und erst nach einer guten Weile kam die Hausmeisterin in Unterrock und Nachtjacke vor die Tür und ließ mich eintreten. Verschlafen und mürrisch nahm sie mir das Brot ab und fing an, im Herd Feuer zu machen.

»Wie lang bleib'n denn s' Barons noch?« erkundigte ich mich, während ich meinen Tragkorb wieder aufnahm, denn die Schloßherrschaft war sonst stets im Herbst in die Stadt gezogen.

»Wahrscheinlich den ganzen Winter ... Baron Hans und Baroneß Lies sollen nicht in die Stadt«, erzählte die Hausmeisterin gleichgültig.

Hans und Lies waren die Baronskinder. Von beiden sagte man insgeheim, »sie seien nicht recht im Hirn.« Hans war ungefähr 18 Jahre alt und stolzierte Tag für Tag durch die umliegenden Dörfer, starrte stets wie abwesend vor sich hin und führte immerfort halblaute Selbstgespräche. Er war merkwürdig ausgedörrt und trug eine altmodische Brille, hatte derart spacke Beine, daß man bei jedem Schritt glaubte, sie brächen ihm ab. Die Baroneß Lies war sehr schön und ihrem Bruder um ein Jahr voraus. Im Sommer sah man sie manchmal in großem Florentinerhut und Reformkleid am Waldrand zeichnen oder malen. Sobald sich aber jemand näherte, packte sie flugs alles zusammen und ging auf und davon. Kam es wirklich vor, daß sie einem Menschen begegnete, so wurde sie puterrot, grüßte kurz lächelnd und huschte hastig vorüber. Die alten Barons sah man ebenfalls sehr selten, und es wurde allerhand über sie erzählt, vor allem aber, daß sie wegen ihrer Kinder höchst unglücklich seien.

Das Schloß war vom Hausmeisterhäuschen ziemlich weit entfernt. Man ging über ein schmales Sträßlein und gelangte von da aus durch eine Gattertür in den großen Eichengarten. Diese uralten Baumriesen verdeckten das Gebäude fast gänzlich. Ein dünner Fußpfad führte nunmehr zwischen die Stämme hindurch an die efeubewachsene Vorderfront und hier begann ein breiter Betonweg, der das ganze Schloß umsäumte. Ich mußte hier entlanggehen, um die nächste Ecke, und kam dann zur Eingangstüre der Küche. Als ich den Betonweg erreicht hatte, merkte ich, daß oben im zweiten Stock ein Fenster hell sein mußte, achtete aber nicht weiter darauf und watete im tiefen Schnee weiter. Da stolperte ich ein wenig und trat fester auf. Der Gegenstand unter mir gab nach und ich rutschte nach vorne, hielt mich aber gerade noch aufrecht. So sonderbar weich hatte sich das unter mir getreten! Einen blitzlangen Augenblick dachte ich an ein erfrorenes Reh und drehte mich neugierig um, scharrte mit den Füßen den hohen Schnee weg, fuhr, mich niederbeugend, mit beiden Händen in das dunkle Naß und griff plötzlich einen kalten, nackten Arm, umspannte ihn wie elektrisiert ganz kurz fester und brach stockstumm, als hätte mich einer mit einer Keule auf den Kopf gehauen, ins Knie. Eiskalt und glühend heiß wurde mir im Nu, mit einem stumpfen Schrei schnellte ich auf und rannte um das Schloß, riß fürchterlich an der Glocke und schrie in einem fort – selbst da noch nicht innehaltend, als die Köchin ärgerlich auf mich einschimpfte –: »Do vorn liegt a Toda! A Toda! A Toda!«

»Wos? ... Wos ists denn, Bleedian! Wo-os? A Toda, wos?« begriff die Köchin erst nach einer Weile und da kam schon der lange, hagere Baron im langen Nachthemd dahergestürzt.

»A Toda, Herr Baron, a Toda!« schrie ich noch immer keuchend und glotzte auf den kalkweißen Mann, der fast abweisend zur Köchin sagte: »Kommen Sie! Marsch!« Wir liefen an die Unglücksstelle und fanden Baroneß Lies im Nachthemd, blutüberströmt und bereits erstarrt im Schnee. Sie hatte sich von ihrem Schlafzimmer aus in die Tiefe gestürzt, weil sie ein junger Maler, der mit ihr die gleiche Schule besuchte, geschwängert hatte.

Dieses schreckliche Erlebnis hatte zur Folge, daß ich mich lange Zeit im Dunkel fürchtete und wahre Höllenqualen der Angst ausstand, wenn ich im Winter so in der finsteren Frühe durch den Schnee tappte. Ich wollte aber nichts sagen und gewöhnte mir damaliger Zeit einen schlurfenden Gang an, weil ich immer glaubte, ich müßte plötzlich an eine Leiche stoßen.

Nachwort

Zur Entstehung

Wer aus der sehenswerten Pfarr- und Wallfahrtskirche Mariä Himmelfahrt von Aufkirchen (Landkreis Starnberg) tritt, der steht vor dem Jugendstil-Grabstein der Elisabeth Freiin von Kap-Herr (13. August 1886 bis 24. Januar 1908). Grafs Erzählungen aus Kindheit und Jugend enden mit dem Fund der jungen Selbstmörderin, die er entdeckte, als er als Elfjähriger am Familiensitz die Ware der väterlichen Bäckerei ablieferte. Die Leiche, die »so sonderbar weich« unter dem Schnee lag, traumatisierte ihn auf lange Zeit. Mit ihr setzt der Erzähler einen existentiellen Schlusspunkt unter die von Umfang und Themen her so unterschiedlichen Texte: Ein junger Mensch wird Opfer der Konventionen und wirft einen langen Schatten auf das Leben eines jüngeren.

Wenige Schritte vom Friedhof, auf dem auch der Grabstein der Bäckerfamilie Graf steht, informiert ein Schaukasten im Eingang der alten Schule über ihren berühmtesten Schüler; und wer noch ein wenig weiter, in Richtung der Hangkante, mit dem Blick über den Geburtsort Berg und den See, wandert, der trifft auf das von Max Wagner geschaffene Denkmal: Es wurde zum 100. Geburtstag 1994 vor der neuen Oskar Maria Graf-Schule aufgestellt, als sein Geburtsort anfing, sich nach langer Ablehnung zu ihm zu bekennen.

Von hier aus eröffnet sich ein so überwältigendes Panorama, wie es der Einband dieses Bändchens zeigt.

Aber so eng literarischer Text und außerliterarische Wirklichkeit (bis zu noch heute nachweisbaren Familiennamen!) mit einander verwoben erscheinen, so weit klaffen das eindrucksvolle Landschaftsbild und die in der Gegend lokalisierten Erlebnissen auseinander, an die sich Graf in den verschiedenen Texten erinnert. Nicht allein die Natur, auch Kirche und Schule werden hier in einer Weise erlebt und dargestellt, dass die erhabenen Institutionen all' jene Erwartungen enttäuschen, die traditionell auf die »schöne« Literatur gerichtet sind, vor allem auf die Gattung der Kinder- und Jugenderzählungen. Grafs Geschichten fehlt die Erbaulichkeit. So steht unter den drei Begründungen für die kindliche König-Ludwig-Begeisterung an erster Stelle der dank der Feierlichkeiten gesteigerte Umsatz der väterlichen Bäckerei. Grafs Realistik zehrt die verklärten Begriffe wie Heimat, Kindheit und dörfliches Leben auf; die schöne Landschaft erscheint auf teure Immobilien reduziert.

Mit seinem Widerspruch zu herkömmlichen Lesegewohnheiten hat der Autor auch das damals aktuelle Programm seiner Münchner Dichterkollegen im Visier: Das Vorwort zum *Münchner Dichterbuch* von 1929 erwartet aufgrund der zusammengestellten Textproben jüngerer Autoren und Autorinnen, dass nach dem Ende von Naturalismus und Expressionismus in München eine weniger »zeitgebundene Einstellung« entstehe, und prognostiziert einen »neuen Idealismus«, eine Wendung des »Lebensgefühls zugunsten neuer Klassik«; mit impliziter Kritik an Berlin stellt der Herausgeber fest, dass hier in Bayerns Hauptstadt eine Literatur nicht »aus Geschäftssinn«[1] entstehe.

Wenn sich Graf in der sein Buch einleitenden »Vorstellung« vom Glauben »an das Hohe und Hehre«(S. 9f.) absetzt, wenn er seinen »Brief an den Verlag« in dem ebenfalls 1932 erschienenen *Notizbuch des Provinzschriftstellers Oskar Maria Graf 1932*[2] ganz auf eine paradox formulierte Eigenwerbung mit der eigentlich abwertenden Zuordnung zur »Provinz« abstellt und sein Schreiben mit der verkaufsorientierten Geschäftsmoral vergleicht, nach der sein Vater die Semmeln buk,[3] dann liegt eine Polemik gegen diejenigen vor, die sich auf literarische Werte beriefen und offiziell als Münchens zeitgenös-

[1] Arthur Hübscher, *Das dichterische München. Zur Einführung.* In: *Münchner Dichterbuch.* München 1929. S. 9–11; alle Zitate auf S. 10.

[2] Oskar Maria Graf, *Notizbuch des Provinzschriftstellers Oskar Maria Graf 1932. Erlebnisse, Intimitäten, Meinungen.* Basel, Leipzig, Wien 1932. – Neuauflage im Allitera Verlag in Vorbereitung.

[3] Bezeichnend für Grafs Geschäftssinn – aber auch vieler anderer Autoren – ist die Mehrfachverwertung einzelner Geschichten: So erschienen drei der Bäckergeschichten unter dem Sammeltitel *Originale aus meiner Lehrzeit 1927* in *Das zwölfte Diamalt-Buch. Herausgegeben und dem Bäckerhandwerk gewidmet von der Diamalt-Aktien-Gesellschaft. Abt. Backhilfsmittel,* also einer Werbeschrift eines Bäckereizulieferers. Andere Texte waren in Tageszeitungen vorab gedruckt.

sische Repräsentanten gelten durften. Vergegenwärtigt man sich, dass mehrere von diesen nach 1933 zu Hauptvertretern der »Volkhaften Dichtung« aufstiegen und deren Bücher die Nationalsozialisten am 10. Mai 1933 in der Bücherverbrennung ausnahmen, dann erschließt sich, wie wenig Graf mit ihnen verband: In dem *Notizbuch* hat er aufgrund berechtigter Vorahnung die Jahreszahl – das Erscheinungsdatum eben auch der »Dorfbanditen« – in den Titel aufgenommen: Er war sich nicht sicher, »ob er in den nächsten Jahren noch die gleiche Meinung haben wird, oder eine solche überhaupt noch haben darf«[4]. Seine Befürchtungen hinsichtlich des sich ankündigenden Nationalsozialismus lehren, wie er die zeitgenössische Atmosphäre im Mekka der Reaktion, der »Hauptstadt der NS-Bewegung«, empfand. Er war aber an die Stadt gebunden, denn er sprach und schrieb ihren Dialekt. Außerdem hatte er ihre jüngste Geschichte aus der Nähe miterlebt und in einem Hauptwerk *Wir sind Gefangene* (1927) gültig aufgeschrieben.

Zusätzlich zu seiner vom Vater ererbten Widerspruchlust bedurfte es eines besonderen Mutes, sich mit seiner Literatur gegen den Dünkel der »Kunststadt«, als die München sich traditionell fühlte, zu behaupten. Nur einer zufälligen Einladung zu Lesungen nach Wien verdankte er, den Anbruch der NS-Zeit, der ihm keine »eigene Meinung« mehr erlaubt hätte, aus der Ferne erleben zu können.

Dass er die Jahre um 1930 als »die gut versilberten« bezeichnete, zeigt aber auch, auf welchen Rückhalt eines kritischen Publikums er rechnen durfte – zugleich lässt sich nachvollziehen, was für ein Bruch in seiner Karriere der Anfang der NS-Zeit und das Exil für ihn bedeuteten. Im Gegensatz zu dem erfolgreichen *Bayrischen Lesebücherl* (1924, Neuauflage Allitera Verlag 2009) erschien trotz stofflicher Nähe von den *Dorfbanditen* keine weitere Auflage; man verwendete auch die für die erste Ausgabe vorgesehenen Vignetten von Grafs Freund Max Radler nicht. Das Buch wirkt mit seinem untypisch schlichten Einband wie unter Zeitdruck entstanden, als hätten die jüdischen Eigentümer des Verlags die Bedrohung antizipiert.

Dass Graf 1962 aus dem zur Diaspora gewordenen New Yorker Exil unter dem neuen Titel *Größtenteils schimpflich. Von Halbstarken und Leuten, welche dieselben nicht leiden können* eine große Zahl von *Dorfbanditen*-Geschichten neu zusammenstellte, zeugt – ebenso

---

[4] Die »Kleine Erklärung!« leitet ein ins *Notizbuch* vgl. Anm. 2.

wie derartige Neuauflagen von anderen seiner Bücher aus der Zeit vor 1933 – von dem Bruch in der Biografie: Allein schon der im Untertitel verwendete, allgemein nur für städtische Jugendliche geltende Begriff *Halbstarke* demonstriert die Ferne zur gesprochenen Muttersprache. Graf war, politisch bedingt, erst 1958 wieder nach Deutschland gekommen, er las zwar intensiv deutsche Zeitungen, aber der Kontakt zu der für diesen Schriftsteller so wichtigen mündlichen Sprache (man denke an den Dialekt, der auch die Erzählersprache prägt) fehlte ihm. Seine auch in anderen, neu aufgelegten Büchern feststellbaren Versuche einer Aktualisierung waren – vergleicht man die Neubearbeitung mit der jeweiligen Erstauflage – weitgehend zum Scheitern verurteilt.[5]

Hinweise zur Lektüre

Es gibt in den Geschichten Ereignisse, die befremden und die kaum mehr mit dem Widerspruch gegen populäre Erwartungen erklärt werden können. Ein Freund Grafs, der bedeutende russische Avantgardist Sergej Tretjakow[6], fragte nach ihnen in dem so informationsreichen Porträt des Dichters:»›Lieber Oskar‹, versuche ich zu kommentieren, ›die leichte Idiotie eurer Vergnügungen erinnert ja ziemlich stark an die berüchtigten Streiche von Max und Moritz!‹. ›Wie könnte es auch anders sein?‹ pflichtet er bei. *Max und Moritz* ist doch ein Werk, das in höchstem Grad vom urdeutschen Geist geprägt ist.«« Nach dem was Oskar von seinem ältesten Bruder Max, der »Verkörperung des brutalen deutschen Militärgeistes«, erfuhr, resümiert Tretjakow:»So wurden die zukünftigen Zerstörer von Kindheit an auf die Jahre des Weltkriegs vorbereitet.« Dass in aller Selbstverständlichkeit Kinder verprügelt werden und sie gegen Gleichaltrige ihre Macht ausüben, wenn sie sich stark fühlen, gehört ebenso wie der dörfliche Konsens

---

[5] Vgl. dazu: Ulrich Dittmann, *Wie Oskar Maria Graf seine Erzählungen bearbeitete und herausgegeben hat.* In: *Jahrbuch der Oskar Maria Graf-Gesellschaft 2006,* S. 95–111.

[6] Sergej Tretjakow, *Oskar Maria Graf.* Nachdruck in: *Jahrbuch 1997/98 der Oskar Maria Graf-Gesellschaft.* Herausgegeben von Ulrich Dittmann und Hans Dollinger. München 1998. S. 71–111. Die Zitate finden sich S. 86–88. Eine vergleichbar kritische Einschätzung des Humors von Wilhelm Busch hat Heinrich Böll 1963/64 in seinen Frankfurter Vorlesungen formuliert.

über die Verherrlichung des Militärs zu den Grunderfahrungen des jungen Oskar. Dass hier aber »auch die ersten Samen jener Feindschaft gegenüber der qualvollen und verhaßten Ordnung gelegt« wurden, »die im folgenden zur Rebellion reifen konnten«, sieht Tretjakow als Grund dafür, dass sich »kindliche Zerstörungswut ... in seine Psyche wie eine Krankheit« einwurzeln konnte. Das Rollenspiel im Indianerkostüm relativiert und verfremdet dabei die sadistischen Spielchen als Kampf unter Naturvölkern; über sie hatte er weniger aus Karl May als aus den sachlichen Berichten in den illustrierten Wochen- und Monatsheften erfahren. In einer seiner frühesten Veröffentlichungen *Ua-Pua ...!* (1921), die er »in Erinnerung an meine beste Jugendzeit« seine Schwester Nanndl widmete, objektivierte Graf diesen Stoffbereich aus seiner Kindheit in eher noch grausameren Geschichten.

Unsere Hinweise zu einer angemessenen, über ein Amüsiert-Sein hinausreichenden Lektüre stehen hier bewusst vor der Gattungszuordnung; die Grafsche Originalität soll nicht eingeebnet werden. So wie er mit *Wir sind Gefangene* der Gattung Autobiografie eine neue Fassette abgewann, mit den *Kalendergeschichten* einer altehrwürdigen Tradition eine neue Form gab, so schufen auch *Dorfbanditen* für die Gattung der Jugenderzählungen neue Themen und Erzählformen: Sie erinnern am ehesten noch an Mark Twains Jugend-Klassiker *Tom Sawyer* (1876). Mit dem prägenden bayrischen Erfolgs-Vorbild: Ludwig Thomas *Lausbubengeschichten* (1905; mit *Tante Frieda* 1907 fortgesetzt; mehrfach verfilmt!) lassen sie sich kaum vergleichen: Statt eines Ich-Erzählers, wie ihn Ludwig Thoma als Lateinschüler entwirft, der auf »gemeine Handwerker« herabschaut, eine Karriere als Korpsstudent erhofft und am Schluss – pädagogisch korrekt – »brav« zu werden verspricht, stellt Graf sein Ich gleich in der ersten Geschichte als *looser* dar, der kaum von siegreichen Streichen, dafür aber von genau, mit Empathie beobachteten Zeitgenossen erzählen kann. Wenn der Erzähler mal nicht als Verlierer endet, dann folgt die Strafe der Erwachsenen. Graf schließt seine Erlebnisse mit zwei Todesbegegnungen, die allgemein nicht zur Kindheitsthematik zählen, und behauptet noch mit einer gemütsbeladenen Vokabel, der Tod sei überall »daheim«.

Dass »in uns Kindern alles rein und gut, brav und edel wäre« (S. 40) glaubt dem Lehrer keins von den Kindern mehr, »weil es ja saudumm gewesen wäre« (S. 41).

Das heißt, Graf zerstört Mythen – in dem *Gefangenen*-Roman den vom edlen Revolutionär und hier, wie auch schon in einer seiner Kalendergeschichten, die Verklärung der Kindheit.[7] »Es bedurfte der Bücher Oskar Maria Grafs, um die Verlogenheit der Thomaschen Welt ›das ist: die Welt Ludwig Thomas‹ aufzudecken« zitiert Rolf Recknagel, der erste Biograf des Autors, den großen Erzähler Lion Feuchtwanger.[8]

Realismus bestimmt also nicht nur die oben geschilderte programmatische Haltung zu den Zeitgenossen, sondern prägt jede Geschichte bis in die Details, seien es die genau beschriebenen Vorgänge in der Backstube, die schmerzlich bis in den Nachtschlaf reichenden Streitereien der Geschwister oder die Fahrt auf der Eisscholle, die erfahrungsgemäß bei Lesungen die Zuhörer erschauern lässt.

Zum Realismus dieses Autors trägt entschieden auch seine Sprache bei: Nicht nur seine Figuren reden im Dialekt, anders als bei Ludwig Thoma verwendet der Erzähler selbst die bairisch gängige doppelte Verneinung (»wo keiner nicht kennt«, S. 44; »das tat er fast nie nicht«, S. 107) oder den mundartlichen Relativanschluss (»der wo«, S. 47) und andere Wendungen; einzelne Ausdrücke hat Graf selbst ins Hochdeutsche übersetzt, für weitere Ausdrücke folgt auf das Nachwort ein »Kleiner bairischer Dialektspiegel«.

Neben lokalen Eigenheiten des Vokabulars und der Syntax verstärkt die ans mündliche angelehnte Erzählform – man denke an die Erzähleingänge, die direkten Anreden an den Leser – die besondere Wirklichkeitsnähe der Geschichten: Eine persönlich klingende Stimme verbürgt die Wahrheit des detailreich Geschilderten, sie zieht Leser und Zuhörer in das Geschehen hinein und steigert die Spannung des Erzählten.

Ulrich Dittmann

---

[7] Vgl. auch die für diese Zusammenhänge exemplarische, oft nachgedruckte Erzählung *Der Malzzucker* aus der ersten Auflage der *Kalendergeschichten;* sie findet sich nicht in der Ausgabe von 1975.
[8] Rolf Recknagel, *Ein Bayer in Amerika. Oskar Maria Graf. Leben und Werk.* 2. verbesserte Auflage Berlin 1977. S. 133.

Kleiner bairischer Dialektspiegel

nach dem Vorbild von Oskar Maria Graf, der einen solchen der Erstausgabe der *Kalendergeschichten* (1929) beilegen ließ; mit einigen Anleihen von dort:

a's Bett: ins Bett
aa: auch
amoi: einmal
angeweigt: von weigen, reizen, anziehen
aussazogn: herausgezogen
Blecka: hängt mit blöken, rufen, klagen zusammen
Bleedian: Blödmann
Boda: Bader, dörflicher Friseur und Wundarzt
boi: bald, wenn
bsuffers: besoffenes
Buawei: Junge, Kind
Büge: Mehrzahl zu Bug, Fuge, Einschnitt
dappiga Hos: dummer Angsthase
dasig: kleinlaut
dengerscht: dennoch
derfa: dürfen
derrenna: von *derrennen,* umbringen
dersuffa: von *dersaufen,* ertrinken; der- ersetzt und kann die Vorsilbe er- verstärken
Do blüat's er: da blutet er
drentn: drüben
Eahnane Leit: als Anrede: Ihre Familie
enk: euch
fein nicht: verstärkend für nur nicht fürs Gesicht
fürti: fertig
Garb: Schubkarre
gebenzt: von *benzen,* bitten und betteln
gebrockt: von *brocken,* pflücken, sammeln
gehebt: gehoben
gelust: von *lusen,* horchen
geschnuft: von *schnufen,* suchen, schnüffeln
gleimten: von *gleimen,* leuchten, strahlen, auch übertragen
gschafft: von (an)schaffen, anordnen, befehlen
gschmocha Bocka: ansehnliches Mädchen, netter Käfer

hineingeschloffen: hineingeschlüpft
hoi's Bier auffa: hol das Bier hoch
hoit dei Mäu: halt dein Maul
Hundskrippin: Schimpfwort, Hundekrüppel
it: nicht
Jammertation: sonst nicht belegte Parallelform zu Lamentation, Klage
Kälberziehen: Kälber werden mit dem Strick aus der Mutterkuh gezogen
kennt: kennen heißt merken
kinna: können
knaunzte: von *knaunzen*, weinerlich reden
Luagnschnippi: Lügner, eher spaßhaft
meegli: möglich
minder: herablassend, geringschätzig für: wenig wert
nu eini: nur hinein
o'dackln: wegschaffen, erledigen
o'gschlogen: o steht meist als Vorsilbe für an, ab, auf, hier: aufgeschlagen
o'treffts: von *otreffen*, begegnen, zustoßen, passieren
obagfoin: herabgefallen
Odl: Jauche; mit *Odl taaft*: mit Jauche getauft
oes: ihr
ois: alles
oisamm: zusammen
oiwai: *alleweil*, immer
ratschert: von *ratschen*, schwatzhaft, lärmen, herumerzählen
Saubankerten: Schimpfwort; Bankert ist ein uneheliches Kind, hier verstärkt
Schnecken: redensartliche Zurückweisung im Sinne von Irrtum! Denkste!
Schnobi: Schnabel
Schutzer: Stoß, Tritt
sell: das selbige, gerade das
soachts: von *soachen*, in die Hosen pinkeln
spann's: von *spannen*, merken
starzend: abstehend
Steige: Stall für Kleinvieh, hier Schimpfwort für die Frau
versaama: versäumen
wegteana: Konjunktiv zu wegtun, kündigen

Editorische Notiz

Dorfbanditen. Erlebnisse aus meinen Schul- und Lehrlingsjahren erschien 1932 im Drei Masken Verlag A.-G. Berlin. In dieser Ausgabe ist die »Vorstellung« in einer einen Punkt kleineren Type und enger gesetzt als die folgenden Texte. Im Anhang wirbt der Drei Masken Verlag für seine sechs Graf-Bücher (*Bolwieser, Wir sind Gefangene, Kalendergeschichten, Die Chronik von Flechting, Finsternis, Bayerisches Lesebücherl*) und drei weitere Neuerscheinungen anderer Autoren.

Unsere Ausgabe ist die zweite Auflage des Buches, dessen Teile in vielfältigen Nachdrucken immer wieder vereinzelt, auch überarbeitet gedruckt wurden. Sie folgt, von wenigen stillschweigend korrigierten Druckfehlern abgesehen, dem Wortlaut und der Interpunktion der Erstauflage, auch wo orthografische Inkonsistenzen bei den Dialektausdrücken vorliegen. Zusätzlich zu den vom Autor/Verlag in den Text eingefügten Übersetzungen des bairischen Wortschatzes ist ein zusätzlicher kleiner Dialektspiegel des Herausgebers beigegeben.

Ulrich Dittmann

www.ingramcontent.com/pod-product-compliance
Lightning Source LLC
Chambersburg PA
CBHW020704260626
47157CB00008B/3127